김우영의 손바닥 콩트

# 내 손을 잡아줘

김우영의 손바닥 콩트

# 내 손을 잡아줘

 푸른사상
PRUNSASANG

## |『내 손을 잡아줘!』를 출간하며 |

콩트(Conte)는 일반적으로 단편소설보다 더 짧은 장르를 말한다. 다시 말하면 손바닥에 쓸 수 있다 하여 '장편소설(掌篇小說)'이라고도 부른다. 인생의 단면을 날카로운 예각(銳角)으로 포착하여 표현한 짧은 소설이다. 콩트 문장의 구성은 기발(奇拔)함과 압축, 급반전(急反轉)을 장치하는 것이다. 문장 속에 담아내는 재치와 기지, 유머, 풍자는 콩트가 지닌 최고의 카타르시스(Catharsis)이다.

콩트는 주로 프랑스에서 발달한 것으로서 그 유명한 '기드 모파상'과 '알퐁스 도데', '이반 투르게네프' 등이 쓴 작품이 대표적이라고 할 수 있다.

중국이나 북한에서는 이른바 '벽소설(壁小說)'로 불리고 있다. 말 그대로 벽에 써 붙이는 소설이라는 뜻이다. 본래의 의미는 선동적이거나 호소적인 내용을 담은 짧은 소설을 말한다.

1970년대에 한국문학사의 범주에서 한때 콩트가 인기를 끈 적이 있었다. 하지만 그 후 단편소설, 장편소설과 대하소설(전집류) 등에 밀려 근래에는 콩트가 설 자리를 잃고 있는 실정이다.

지난 시대 문학사에서 이른바 '샘터' 교양 수필류의 취향을 지니고 있었던 중간 보수계층 독자들에게 콩트는 도시민의 문화적 욕구를 반영한 매체이자 새로운 교양의 문화 아이콘이었다.

짧은 소설의 문장 속에서 유머와 페이소스(Pathos)를 담아내기 위해 단편소설 양식의 무게를 가볍게 실어 도약을 담아냈던 콩트가 지금까지 단편소설이나, 장편소설, 대하소설의 기초가 되었던 것은 부인할 수 없다.

콩트가 지닌 독자적 미학(美學)인 수사적 장치와 '반전'은 일상의 에피소드에 잠복한 숱한 배반에 내재된 프라이버시를 포함한다. 이로써 콩트는 문명시대 일상을 살아가는 우리 자아의 파토스를 대변할 수 있다는 장점을 내포하고 있다.

필자도 초창기 시절 콩트로 출발하여 지금껏 단편소설, 장편소설을 쓰고 있으니 동의하지 않을 수가 없다. 소설작가로

자리매김하기까지 효자 장르로 자리매김한 숙명의 콩트. 인생의 반 이상을 살아가며 겪은 삶의 순간, 그 극적인 투영물이 '콩트'라고 불리는 바구니에 녹록히 들어 있다.

이번에 출간하는 콩트집 『내 손을 잡아줘!』는 지난 2002년에 출간한 콩트집 『거미줄』에 이어 두 번째이다. 일부는 기존에 발표되었던 작품을 개정하여 수록하였다.

저 푸르런 하늘처럼 내일은 밝은 마음이고 싶다.

2011. 12.
우리나라 너른땅 한밭벌 文人山房에서
나은 김우영 쓰다

『내 손을 잡아줘!』를 출간하며 • 5

| 차례 |

9

# 고개 숙인 남자

**아내가** 허리 디스크로 아파 병원에 입원한 지가 벌써 며칠 째이던가. 윤하남(尹河男)은 아내가 병원에 입원한 후로 내내 직장이 끝나는 대로 병실로 달려와 뜨거운 물주머니를 가지고 아내의 허리를 골고루 문질러 주고 있다.

간호사의 말대로 부드럽게 골고루 퍼지도록 살살 문질러댔으나 유난히 물주머니가 뜨거운 탓인지 가는 신음소리가 입술 사이로 흘러나온다. 기미 서린 볼에 희멀건한 얼굴로 고통을 참느라고 안간힘을 쓰는 아내의 모습을 보았다. 쥐꼬리만한 봉급으로 허리를 졸라매고 가난한 살림살이를 꾸려 나가는 피골이 상접한 아내를 침대 옆에서 보면서 하남은 눈을 감았다.

처녀시절엔 팽팽한 피부와 날렵한 몸매로 뭇 사내들의 눈길을 끌었다던 지금의 아내. 무엇이 잘못되어 오늘날 부부가 되어 이처럼 살아왔단 말인가.

"땡땡땡………."

병실 벽의 괘종시계가 밤 10시를 알리는 종소리에 하남은 눈을 떴다.

"여보 내일 출근하려면 눈 좀 붙여요."

"음, 그러지."

"나 때문에 당신이 집에 가지도 못하고 고생이에요, 미안해요."

"아냐, 당신이 살림에 신경 쓰느라 고생해서 아픈 거지 뭐."

하남은 땀방울이 맺힌 아내의 이마를 한 번 닦아내고는 침대 밑에 있는 보호자용 긴 의자를 꺼내어 누웠다. 이렇게 자는 둥, 마는 둥 하고는 직장 근처 해장국집에서 아침을 때우고 출근하는 것이었다. 삐꺽 하고 소리를 내며 몸을 모로 움직여 누우며 잠을 청했으나 좀처럼 쉽게 잠이 안 온다. 아내가 이를 눈치 챘는지 말을 건다.

"여보 잠이 안 와요?"

"음, 쉽게 잠이 안 오는군."

"어서 주무세요. 내일 출근 하시려면······."

하남은 윗몸을 일으키며 멋쩍은 표정으로 아내에게 물었다.

"여보 10여 년 전 내가 전방에서 군대생활 할 때 나와 차 아래서 그 일 어떻게 생각해?"

"어머, 당신도······ 그 일이 언젯적 일인데 그래요. 당신은 미운 사람이었어요."

"하하하······ 지금 가만히 생각하면 나는 늘 아래에서 사는 남자 같애."

"왜요?"

"왜요가 뭐야. 왜요(倭)는 일본 담요를 말하는 거야."

"호호호······ 당신도 참 농담은 여전해요."

"그때나 지금이나 나는 늘 당신 아래서 사는 걸. 군대시절 차(車) 아래서 당신과 나의 그 일(사랑)이 그렇고 지금도 당신은 침대 위에 나는 이렇게 아래서 누워 자고 또 내 이름이 하남(河男)이 아니라 하남(下男)이 아니요? 하하하······."

"그러고 보니까 그러네요, 호호호······."

하남은 10여 년 전 군대생활 할 때 지금의 아내 숙영(淑英)을 만났다. 지금도 더러 그 일이 생각나면 빙그레 웃음이 나온다. 언젠가 친구에게 그 얘기를 했더니, 이렇게 말했다.

"야! 그거 기막힌 인연인데 어디 소설에다 나옴직한 발상이야. 넌 역시, 여자 해먹는 데는 귀신이야 귀신."

하남이 강원도 화천에서 군대생활을 할 때 였는데 그 때 상병으로 부대 수송부에 근무를 했었다. 그날은 본부중대 병력이 개골산에서 사격 훈련 중이었는데 그날 윤 상병은 본부중대 병력의 중식을 덤프차에 싣고 사격장으로 가는 중이었다. 첩첩 산중은 온통 단풍으로 울긋불긋 수놓아져 있었다. 그야말로 '오메! 단풍들었네……!' 였다.

떨어진 낙엽들이 산길 도로에 쌓여 차가 지나갈 때마다 바람에 흩날리곤 하는데 저만치 고갯길에 어느 나이 든 부인네와 처녀인 듯한 민간인 두 명이 힘겹게 고갯길을 오르고 있었다. 윤 상병은 그들을 가는 방향까지 실어다 줄 생각으로 차를 세웠다.

"어디까지 가세요?"

"네, 저 너머 백암골까지 가요."

"잘 되었어요. 이 차는 저 개골산까지 가니까 저 산모퉁이까지 태워다 드릴게요."

"어유 고마워요. 군인 양반."

하고 모녀는 사뿐히 옆자리에 올라탔다. 스무 살 남짓한 처녀가 가운데에 타고 쉰이 넘은 듯한 부인네가 창가에 탔다. 전방인 화천 부근은 민간인 보기가 쉽지가 않다. 험준한 산협 사이로 간혹 민가가 더러 있을 뿐 요새 요새마다 군부대들이 차지하고 있었다.

윤 상병은 찬바람이 나뭇가지를 흔드는 산길을 따라 차를 몰며 힐끗힐끗 옆의 처녀를 보았다. 뽀얀 살결에 소라 껍질 같은 귀 모양새하며 보송보송하게 난 잔털이 흐르는 얼굴 생김새가 갓 따온 먹음직한 복숭아 마냥 생긋하며 싱싱해 보였다. 윤 상병은 군대 입대 전 부터 끼(氣)있는 남자였다. 이런 그가 오랫동안 병영생활에 찌들다보니 불끈 아랫도리에 힘이 가고 숫기가 돌기 시작했다.

어떻게 하면 이 묘령의 처녀와 수작을 부릴까 궁리를 하던 중 전초전의 하나로 유혹의 심리전을 펴기 시작했다. 낙엽이 깔리어 평편치 못한 꼬불꼬불한 산길을 달리며 핸들을 좌우로 꺾으며 오른 팔꿈치로 처녀의 어깨와 앞가슴을 건드려 봤다.

"에이, 젠장 길이 꼬불꼬불해서."

윤 상병은 다시 변속기어를 넣는 듯 하다가 처녀의 무릎 근처를 건드렸다. 그때서야 처녀는 흠칫 몸을 도사리며 얼굴을 붉히는 듯 했다. 윤 상병은 이어서 군사훈련 중 낮은 포복을 하듯 계속 오른쪽 팔꿈치로 처녀의 왼쪽 어깨와 앞가슴을 짓눌렀다.

"에이, 젠장 이놈의 길은 왜 이런지 모르겠네……"

핸들을 크게 들어 꺾으며 윤 상병의 수작은 계속 진행되었으나 처녀는 그때마다 얼굴을 붉히며 자세를 고쳐 앉곤 했다. 아마도 눈치를 챈 것인지 못 챈 것인지 분간이 안 들었다. 윤 상병은 핸들을 크게 꺾으며 오른쪽 팔꿈치로 건드려 보고 변속기어를 조작하는 듯 하면서 처녀의 다리 근처를 반복하면서 만지곤 했으나 창가의 부인네는 전혀 눈치를 못 채고 그저 이 험한 산길에 만난 군인 양반이 차를 태워주는 게 고마울 뿐인지 내내 미안한 표정이었다.

윤 상병은 이쯤해서 본격적으로 제2막인 기습을 시도할 요령으로 낮은 내리막길에서 차를 세운다. 내리면서 사이드브레이크를 힘껏 채우고는 차 라디오의 볼륨을 크게 올리며 말했다.

"에잇, 젠장 기어이 차가 빵구가 났네. 쳇……"

창가의 부인네는 자신이 죄라도 지은 듯 점차 움츠러든다.

"에구머니, 난 길이 험하다 했더니만, 쯧쯧쯧……"

"아주머니 이게 브레이크인데요, 발로 꼬옥 밟고 있어야 해요. 그렇지 않으면 차 밑에 있는 우리는 죽어요."

"예, 예, 알았어요. 염려 말고 얼른 빵꾸나 때우세요, 군인 양반."

부인네는 창가에서 운전자석으로 옮겨 앉으며 알려준 대로 브레이크를 두 발로 꾸욱 밟았다. 윤 상병은 옆의 처녀를 데리고 내렸다.

"이봐요, 아가씨 미안하지만 이 공구 좀 챙겨줘요. 에잇 젠장."

처녀는 윤 상병을 따라 엉거주춤 차 밑으로 공구를 들고 들어갔다. 먼저 들어간 윤 상병은 받침대로 뒷바퀴를 들어 올릴 모양으로 받침대를 들어올렸다. 받침대 동작을 취하던 윤 상병은 제3막인 전면 기습의 호기라고 판단하고 옆에 앉아 있는 처녀를 차 밑으로 유인하여 덮쳤다. 그리고 손을 입으로 갖다 댔다.

"쉿! 아가씨 쉿이야!"

"어머, 이게 무슨 일이에요……?"

얼결에 덮침을 당한 처녀는 억세고 거친 윤 상병의 아래에 깔려 꿈틀거렸으나 군대생활의 거친 훈련과 전방 수송부 특유의 강한 완력으로 단련된 윤 상병에게는 가련한 한 마리의 토끼일 뿐이었다.

"아, 아저씨 왜 이래요, 어머나······."

"쉿!"

"아저씨, 아, 아저씨 차 위의 엄마가······."

"그러니까. 쉿!"

산길 위엔 낙엽이 흩어져 뒹굴고 간간이 앙상한 상수리 나무가 소슬한 가을바람에 휘이익- 휘이익- 날리고 있었다. 오가는 인적조차 없는 첩첩산중 전방의 산길 내리막길엔 뒤에 식기와 밥을 실은 짐으로 가득 찬 군용트럭이 덩그러니 서 있다. 차의 운전석엔 부인네 하나가 혼자 떠드는 라디오 음악을 들으며 무릎에 두 손을 얹은 채 꼬옥 브레이크를 밟고 있다.

다시 차 아래에는 윤 상병이 엉거주춤 바지를 올리며 기어 나오고 처녀는 무릎 사이로 얼굴을 묻고 소리 없이 흐느끼는지 흰 블라우스를 입은 작은 어깨를 들먹인다. 밖으로 나온 윤 상병은 차 위의 부인네가 들으라는 듯 담배를 하나 꺼내 물며 말한다.

"에잇, 못이 하나 박혔네 젠장. 빨리 가야하는데 쳇······."

부인네는 윤 상병을 향해 말한다.

"아이구 발 아파라. 군인 양반 다 고쳤수?"

"아, 예 고쳤어요."

"미안해서 어쩌우. 우리가 타서 빵꾸가 난 것 아니우."

"자 갑시다. 얼른 가서 우리 본부요원들 밥 먹여야 합니다."

차 밑에 있던 처녀는 어기적어기적 걸음을 걸으며 차에 올라탔다. 윤 상병은 사이드 브레이크를 풀고 다시 낙엽이 깔린 산길을 향해서 차를 몰았다. 그러면서 옆의 처녀를 힐끗 보니 처녀는 눈가에 눈물자국을 남기며 눈을 흘기고는 고개를 숙였다. 이를 본 창가의 부인네가 왜 그러냐고 하자 처녀는 차 아래에 있을 때 눈에 티가 들어갔다고 했다. 윤 상병은 빙그레 웃으며 차를 몰았다. 차는 개골산 입구 다리 근처에 서서 처녀와 부인네를 내려 주었다. 그리고 그들은 거기서 헤어졌다.

그러나 그 차 아래서의 운우지정(雲雨之情)이 윤 상병 아니, 윤 하남(尹河男)과 처녀 숙영(淑英)이 부부가 되는 인연이 될 줄이야. 그날의 일로 임신이 되어 오늘날 초등학교에 다니는 큰 애(윤산님)가 태어난 것이다. 산에서 잉태된 아이라서 하남이 붙인 이름이다.

병실의 괘종시계가 다시 12번을 울려 밤 12시를 알린다. 침대 위의 아내는 잠이 들었는지 새근새근 숨소리가 들린다. 하남은 몸을 다시 뒤척이며 잠을 청하려 하지만 쉽게 잠이 안 온다.

아내 숙영과 만나 산 지가 10여 년, 그간 방황하며 가난하게 살면서 아내를 얼마나 고생시키며 살았던가? 회한이 수 없이 밀려온다. 언젠가 아내가 이렇게 말했다.

"여보, 가난하게 살아도 좋으니 우리 싸우지 말고 행복하게 살아요. 그리고 남을 이기기보다는 지면서 남을 사랑하며 살아요."

아내는 배운 것은 그리 많지 않건만 강원도 화천의 산촌에 소농의 딸로 태어나 어려서부터 양순한 부모님의 사랑과 양보, 지순한 미덕을 삶의 좌우명으로 배우고 자란 탓에 지금도 그저 남에게 지고 베풀며 산다. 그래서 그 역시 언젠가부터 아내의 말처럼 베풀며 고개를 숙이고 살아야겠다고 생각했다.

돌이켜보면 결혼 전 스무살 시절부터 주위 친구들과 갖은 폭행을 일삼으며 얼마나 남을 억압하기를 좋아하고 저 높은 나무만 바라보며 살아왔던가. 약육강식의 논리를 앞세워 남을 속이고 짓누르고 앞서 사는 것만이 그만의 삶이었던 것이다. 그 앞에는 어느 누구도 앞서가지 못했던 것이다. 만약 그런 사람이 있으면 하남은 어떻게 해서든지 그를 그 대열에서 끄집어내려 낙오시켰던 것이다. 이런 좌

충우돌의 악당이 아내 숙영을 만나기 전 하남의 젊은 모습이었다.

그러나 하남은 숙영을 만나고부터 차츰 고개 숙이고 사는 그런 삶이고자 하며 살아간다. 그러한 연유로 그가 결혼 초부터 월부장수, 시장의 엿장수, 빌딩 경비원 등 가리지 않고 스스로의 삶에 대한 성실과 사랑으로 최선을 다해서 사는 것이다. 지금의 직장도 회사 사장의 차를 몰며 비서 겸직으로 열심히 살아가고 있는 것이다.

하남은 억세고 몰염치하고 거칠 것 없던 젊은 날을 제쳐둔 채, 군대 생활을 할 때 화천 산길에서 아내 숙영을 기습하던 것을 마지막으로 그 후부터는 '인간본연의 자세로 돌아와 있었다. 지금 이 시간에도 하남이 아내의 침대 아래 보호자용 긴 의자에 누워 있는 것처럼, 그의 이름이 하남(河男)이 아닌 하남(下男)으로 성실하고 열심히 살아갈 것이다.

거침없이 위만 보며 걷는 현대 남성의 표상처럼 사는 것이 아닌, 겸허하며 조심스럽게 하루하루를 내딛을 뿐 아니라 스스로 걸어온 어제를 자주 돌아보는 자세로 삶을 조용히 음미하며 살아가야겠다고 하남은 생각했다.

'고개 숙인 남자로 살아가기를 말이다……'

# 고추사랑 병동에서

"푸르런 항구시 남포동의 '오! 안경 오줌외과.' 이곳엔 근래 대(代)를 잇는 진한 '고추사랑'이 이어져 오고 있어 마을에 화제와 화재가 되고 있다."

이곳 '여명 신문사'의 사회면에 톱기사로 장식된 글이다.

아침상을 치우며 설거지를 하던 이 마을 주부 작가인 안 달래 여사는 신문을 보며 피식 보조개를 피웠다.

화제의 주인공은 다름 아닌 장안의 인류대학에 선후배 지간이기도 한 안경 오줌외과(비뇨기과)의 원장인 오남식 박사와 아들 다듬어 과장.

선천적으로 눈이 나빴는지 이들 가족은 온통 안경판이 다. 오 박사인 오근시를 비롯하여 아들 오원시, 부인인 보 안시, 손자인 얼떨떨시, 손녀 가늠시, 작은 손녀 줄잡아시,

시누이 안보여시, 시동생 글씨시, 사촌시누이 눈더듬어시, 간호원 오락가락시, 작은 간호원 눈오는날시, 청소부 아줌마 진눈깨비시, 운전사 몰러시, 강아지 서툴러시 등 가족 전체가 안경을 쓰고 있어 언제부터인가 이들 병원을 '오! 안경 오줌외과'라고 사람들은 부르고 있었다.

몇 년 전 오남식 박사가 회갑을 맞아 연회 끝에 많은 하객들 앞에서 가족 기념사진을 찍는데도 할아버지, 할머니, 아들, 며느리, 손자, 손녀 할 것 없이 온통 안경판이었다. 그러자 사진을 찍던 어느 사진사 아저씨 왈,

"자, 찍씁니데이 - 온통 안경판 가족. 기임치이 - 찰칵!"

그러자 하나같이 약속이라도 한 듯 온가족이 찬란히 빛나는 안경테 너머로 흰 치아를 씩 드러내고 한 세트로 활짝 웃었다나…… 그 후 그 사진은 병원 로비에 자랑스럽게도 앙징스런 모습으로 액자에 걸려 있었고 사람들은 그때부터 '오! 안경 오줌외과'로 명칭을 바꿔 부르고 있었다.

오남식 원장의 선친인 병리학자 '오벌써' 씨가 비뇨기 계통 연구와 수술로 명성을 날리면서 이 병원은 자손대대로 이어져왔다. 사실 따지고 보면 이 병원은 일찍이 3대에 걸쳐 비뇨기과를 운영해 온 곳이다.

오벌써 원장은 당시 이렇게 얘기를 했다고 한다.

23

"개업 당시 '비뇨기'의 '비(泌)'를 '코 비(鼻)'로 착각, '막힌 코 좀 뚫어달라'고 찾아오는 환자까지 있었습니다. 그래서 '오줌외과'로 바꾸자는 가족들의 자조적 여론이 있어 명칭을 바꾼겁니다."

그 후 21세기.

"엄마, 나 대학 들어갔어요."

한가한 어느 날 오후. 젊은 대학생 아들로 보이는 청년과 함께 이 마을 안달래 여사는 병원문을 열었다.

"아들이 '조그맣다'고 불평합니다. 아들이 재수 시절에 이렇게 말했거든요."

"합격선물로 '크게' 수술해준다고 약속하지 않으면 대학이고 뭐고 다 필요없다."

하며 조른데 대한 안 여사의 약속 이행인 셈이란다.

음낭 수정이나 정관복원수술을 할 때 전신마취가 관행이던 지난 1980년대 초반부터 부분 마취술로 통원치료를 가능케 했으며 사전예약제로 진료하는 비뇨기계통의 파이어니어였던 오남식 원장.

"의술이 아무리 빨리 발전해도 급속히 깨어가는 환자의 성(性) 의식에 뒤지지 않기 위해선 의사의 '뇌(腦)혁명'이 필요하다고 깨닫는 순간이었습니다."

요즈음 세태를 이렇게 평가한 오 원장.

아내가 남편을 '끌고' 오거나 장인 손에 사위가 이끌려 오기도 하는 것이 요즈음의 이곳을 찾는 대부분의 손님들이란다.

오 원장은 같은 마을에서 자주 얘기를 나누곤 하는 안달래 여사와 커피를 마시면서 말했다.

"남성의 발기부진 치료에 부인, 장인, 장모에 처형까지 몰려오는 일도 있습니다."

"이렇게 부담을 주면 심인성 발기부전으로 진행되어 악화될 수 있다' 고 타일렀죠. 새신랑의 발기부전도 '가문의 문제' 가 된 시대이니까요……!"

어제는 나이가 열 살이 되었을까 말까 한 남자 아이가 엄마와 함께 병원 문을 열고 들어왔단다.

"여자 친구가 좋아한대요!"

안달래 여사는 얼굴이 빨개지는 자신의 모습을 손으로 가리며 웃었다.

"네……?"

얼마 전 중학교 1학년짜리의 포경수술을 집도한 오 안경 오줌외과 부자(父子). 레이저 시술을 앞두고 아들인 오다듬어 과장이 환자인 아이에게 말을 걸었다.

"수술을 왜 하지?"

수술대 위 어린이는 서슴없이 대답했다.

"여자친구들이 좋아한대요!"

오 원장이 거들었다.

"고추는 나중에 결혼하면 아내에게만 보여주는 거야. 약속 안하면 수술 안 해준다아?"

아이는 '알았다' 며 얼른 수술이나 자알(?!) 해달란다.

오 원장은 환자 아이와 옆에 있는 아들인 다듬어 과장을 번갈아 보면서 조용히 눈을 감고 지난 세월 생각에 잠겼다.

25년 전. 자신의 수술대 위에서 부들부들 떨던 그 '아이' 가 어느새 늠름한 의사로 성장하여 이 병원 '전문가' 가 되었으니…… 세월은 유수와 같다고 했던가!

'스트롱 콤플렉스'.

얼마 전 바텐더의 말을 믿고 성기에 파라핀을 주입, 부작용으로 굳어버리자 부랴부랴 병원을 찾은 40대 남성의 수술을 성공적으로 마친 어느 주말 오후. 모처럼 오줌외과 부자는 원장실에서 커피를 마시며 한가한 시간을 보내고 있었다.

"다듬아, 손자놈 포경수술도 이 할아비 거다?"

"무슨 말씀이세요? 제가 어떻게 만든 고춘데……!"

"뭐야, 원래는 누가 맨들어 준 것인지나 알간, 모르간?"

"하하하……!"

"허허허……!"

푸르런 항구시 남포동에 자리한 오줌외과 원장실에서는 화사한 웃음이 파도에 부서지는 포말처럼 저 멀리 파아란 바다위로 시나브로 번지고 있었다.

# 금도장

'알뜰 여사'는 요즘 열불이 났다. 낮에는 시원한 주스로 목을 축이고, 밤에는 얼음 수건을 이마에 대어야만 잠을 청하곤 했다.

이런 그녀를 보고 남편 '李절로' 씨는 힘도 안 들이고 술잔으로 목에 축이듯 이렇게 말하곤 한다.

"까짓, 딸내미 하나있는 것. 시집 안 보내고 말지 뭐. 당신 그렇게 생병을 앓아 앓기를⋯⋯!"

그러면 알뜰 여사는 얼굴에 핏기를 올리며 말한다.

"이 양반이— 불난 집에 부채질 하나⋯⋯?"

'호. 화. 혼. 수.'

이 말이 알뜰 여사에게는 자다가도 벌떡 일어날 금세기 최고의 화두이다. 이 말이 좀처럼 사라지지 않는 데는 이

유가 있다.

일류대학에 대학원까지 나온 과년한 딸 '보라'를 시집 보내기 위해서 중간에 매파(媒婆)를 넣어 알아보았다. 다행히 전직 고급관리를 지낸 분의 아들 하나가 있는데 K 법대를 나와 지금은 사법연수원에서 교육을 받고 있는 인물이었다.

알뜰 여사는 이 정도면 매우 흡족한 사윗감으로 낙점을 놓고 매파를 통해 본격적으로 혼인을 위한 절차를 밟아 갔다. 보라도 싫지 않은 입장이어서 마음이 놓였다.

그런데 신랑 쪽의 요구사항이 워낙 많았다. 그야말로 방송 신문에서나 회자되는 호화혼수 그 자체였다. 그러나 어쩌겠는가? 솔직히 사윗감으로는 욕심나는 대상이었다.

알뜰 여사는 딸 보라의 혼수 문제로 혼란과 혼란을 거듭하고 있다. 이웃집 명숙이 엄마도, 동네 스타 미용실의 미진네도 까짓 거 해주라고 등을 떠민다.

"일생에 단 한 번뿐이잖아!"

"남들도 다 하는데……!"

알뜰 여사는 이름 그대로 가정생활이나 사회활동에서도 검소하고 알뜰한 여성으로 지역에서 소문난 사람이다. 그래서 그녀는 현재 구청의 주부클럽연합회 지부장과 알뜰 소비자고발센터 소장직도 겸직하고 있다. 그런 탓에 그는 딸 보라의 혼수에 대하여 고민을 안 할 수가 없는 것이다.

"보라만큼은 보라는 듯이 검소하고 알뜰하게 혼수를 마련하여 시집을 보내어 동네에 모범을 몸소 실천하려 했는데. 이를 어쩌나. 이를 어찌하나……?"

지난 달.

딸 '보라' 의 약혼을 앞두고 있던 알뜰 여사의 마음은 혼란스러웠다. 사돈 될 댁의 요구가 지나치다 싶었지만 단 하나뿐인 보라의 행복을 바라는 마음에서 꾸욱 참았다.

약혼식 장소는 그 쪽에서 원하는대로 'S호텔의 가장 큰 방' 으로 잡았다. 하객들에게 대접할 음식도 최고급으로 준비했다. 예비신랑의 팔목에 롤렉스 시계를 채워 준 것은 물론이다.

사돈 될 댁은 예비신부가 어떤 색의 드레스를 입어야 하는지. 그 드레스는 어디서 맞춰야 하는지도 세세히 정해 주었다. 심지어 예물을 넣을 함까지 특정 호텔의 지하상가에서 사야 한다고 지정할 정도였다.

드디어 약혼식 전날.

"금도장을 마련했습니까?"

하는 사돈댁의 전화가 걸려 왔다. 그때까지도 금도장이란

게 있는지조차 몰랐던 알뜰 여사는 황당했다. 하지만 어쩌랴. 다 되어 가는 판국이었다.

"…… 어디 가서 구입 하나요?"

"강남 압구정동 T 백화점 보석상에 가면 살 수 있습니다."

사돈댁은 이렇게 통보하고는 일방적으로 전화를 끊었다. 약혼식 당일 백화점 문이 열리자마자 금 한 냥짜리 '금도장'을 구입했다. 알뜰 여사는 혼자서 말했다.

"지금까지 잘 참아왔는데…… 내가 이 정도 일 때문에 우리 고명딸의 신세를 망칠 수는 없지!"

또 한 번 이를 악물고 참았다. 그러나 이미 사돈 간에는 인간적인 실망과 신뢰에 금이 간 상태였다.

딸 보라도 '마마보이'로 잘 알려진 예비신랑이 부모에게 끌려다니는 데 지쳤다고 하소연했다. 그리고 약혼식을 치른 후 두 달이 지났다. 어느 날 보라가 핼쑥한 얼굴로 알뜰 여사 앞에서 폭탄선언을 했다.

"엄마, 나 이 결혼 죽어도 못하겠어요!"

"……?"

평양감사도 자기가 싫다면 그만이듯 본인인 딸 보라가 참다못해 싫다고 포기 선언한 만큼 알뜰 여사는 말릴 마음도, 여유도 없었다. 부모의 충격도 충격이지만 정작 본인인 딸 보라는 한동안 집을 나가 들어오지 않았다. 그런지 1년이 지났을까.

파혼의 충격에서 벗어나고자 미국 유학을 권장했다. 본디 보라는 학구파로서 차분하게 본인이 전공한 서양미술에 대하여 천착하는 정도였기에 부모는 적극 찬성하여 보냈다.

한동안 편지와 전화로만 근황을 전하던 보라가 미국 유학길에 오른지 1여 년이 지났을까. 딸 보라가 좋은 소식을 전해왔다. 미국 현지의 친구 소개로 만난 홍콩계 미국인과 곧 결혼하게 된단다.

사윗감은 미국 명문 경영대학원인 펜실베이니아대학교 와튼스쿨을 나와 체이스맨해튼은행에 근무하는 투자금융 전문가라고 했다. 극성스런 한국의 고관대작집 정서 같으면 '열쇠 열 개' 쯤 바랄 만한 최고의 신랑감이었다.

알뜰 여사는 반가운 마음에 남편 李절로 씨와 나란히 비행기표를 사서 흥분된 기분으로 미국 뉴욕으로 날아갔다. 보라와 함께 마중 나온 미국인 사위와 함께 가까운 즉석 햄버거집으로 가서 간단히 우유와 함께 저녁을 먹었다.

"더 근사한 곳도 있지만 우리는 합리적이고 실용적인 것이 좋아요."

미국인 사윗감은 말했다. 이어 알뜰 여사는 딸 보라의 결혼 예물이 궁금하여 넌지시 운을 뗐다.

"예물로는 고급 시계를 선물하고 싶어요."

그랬더니 미국인 사위는 정색을 했다.

"시계를 용도별로 3개나 갖고 있어요."

하며 정중히 사양했다. 그리고는 이렇게 말했다.

"저에게 예물은 보라 씨 하나로 충분해요. 이 세상에서 이렇게 아름답고, 상냥하며 훌륭한 혼수·예물 있으면 나와 보라고 하세요!"

"……!"

알뜰 여사 내외는 너무 감격하여 한동안 입이 벌어져 아무 말도 못했다.

이들은 결혼 비용으로 1천만 원을 준비해 비행기로 사뿐히 날아갔지만 쓸 곳이 없었다. 식장으로 교회를 빌리는데 70달러가 들었다. 신랑의 턱시도와 셔츠, 구두 일체를 빌리는 데 75달러. 신부의 화장과 머리손질에 60달러가 들어갔다. 그리고 피로연은 사윗감이 홍콩계 출신이어서 중국 음식점에서 양가 친지 40여 명만 모여 간소하게 치렀다.

얼마 전.

미국에 시집가서 살고 있는 딸 내외가 알뜰 여사 부부를 미국으로 초청했다. 그들의 아파트에 가보니 참으로 오붓하고 행복하게 살고 있었다.

"부부가 서로 사랑하고 감사하며 사는 모습이 참으로 보기 좋았다."

알뜰 여사 부부는 귀국 후 흐뭇해했다. 딸 보라도 한국에서의 약혼 파기로 인하여 처음엔 고통스러워 했지만 용감했던 지난날의 과감한 선택을 지금은 잘한 일이라고 생각했다.

그러면서 공항까지 마중 나온 사위가 하는 말이 기가 막혔다고.

"아버님, 어머님. 나중에 연로하시어 힘들고 외로우시면 저희들에게 오세요. 이곳 미국은 노인들을 위한 복지정책이 잘되어 있어 노인 천국이에요."

볼에 키스까지 하는 사위가 그렇게 예쁘고 믿음직스러워 돌아오는 비행기 안에서 알뜰 여사와 李절로 씨는 서로 손을 잡고 절로 나오는 눈물을 주체할 수 없었다.

오늘은 알뜰 여사가 구청에서 개최하는 관내 부녀회원을 대상으로 하는 '알뜰 결혼 길라잡이'란 주제의 강의가 있는 날.

일찍 일어나 진하게 화장을 하고 있는 그녀에게 남편인 李절로 씨가 담배를 피워 물며 말을 건다.

"웬 여자가 그렇게 센티 화장을 하냐?"

"왜, 누가 채 갈까봐 겁나유?"

"쳇 당신같이 쉰이 넘은 여자를 누가 쳐다봐."

알뜰 여사는 붉은색 립스틱을 찍어 바르며 남편을 힐끗 보고 말을 한다.

"나 이래 봬도 미국인 사위에게 볼에 키스 세례를 받은 사람이에요. 그래서 이렇게 흥이 절로 나요. 아주 최고로 절로—"

"뭐, 뭐요욧……"

구청 회의실은 입추의 여지 없이 많은 청중들로 메워졌다. 사회자의 소개로 단상에 오른 알뜰 여사의 모습이 오늘따라 우아하고 아름답다. 흰 블라우스에 짧은 분홍색 스커트, 짙게 찍어 바른 붉은 립스틱의 정열적인 자태가 사뭇 미국 클린턴 힐러리 여사를 닮은 듯 했다.

"여러분! 어떻게 해야 자녀들의 행복을 가져다줍니까. 롤렉스 시계, 값비싼 예물, 예단, 금도장…… 이런 것이 아닙니다. 열쇠 3개면 충분합니다. 그게 뭔지 아세요. 여러분? 첫 번째는 결혼해서 살아갈 신랑 신부의 행복에 마음을 열 열쇠, 두 번째는 두 사람이 사랑으로 여는 몸의 열쇠, 그리고 마지막 세 번째는 새로운 세기를 가슴 벅차게 열어갈 21세기의 열쇠입니다. 이 세 가지 열쇠면 우리들의 자녀는 충분한 행복과 사랑을 나눌 것입니다. 여러분 안 그렇습니까?"

"야후— 야후—"

"짝— 짝— 짝— "

구청 회의실을 가득 메운 1백여 명의 부녀회원들이 알뜰 여사의 열변에 매료되어 박수와 환호성을 보내고 있었다. 그녀 특유의 충청도 사투리의 악센트와 침 튀기는 명연설은 가히 압권(壓卷)이었다.

알뜰 여사의 강의를 축하라도 하려는 듯 하늘에서는 가는 비가 사르륵 사르륵 내려 대지를 촉촉이 적시고 있었다.

# 기러기 아빠

**국토나라** 심장시 국보동의 홀로(남. 35세) 씨는 일명 '기러기 아빠'이다. 그는 지난해 나이 어린 아들 년주(10세)와 년팽(15세), 딸인 빈한(17세)이를 중국 베이징 유학길에 보냈다. 그래도 마음이 놓이질 않아 뒤이어 아내까지 공부를 위한 뒷바라지로 함께 딸려 보냈다. 그리고는 한국 땅에 홀로 남아 열심히 회사 일을 해서 생활비와 학비를 벌어 베이징 왕부정가 18블럭 왕릉 아파트에 사는 아내와 아이들에게 매월 돈을 보내준다.

홀로 씨는 자식 교육을 위해서라면 스스로 홀아비가 되는 것도 불사하겠다는 '교육 강심장'을 지녔을 뿐 아니라, 아내인 장항댁(32세)의 교육 열기도 뜨겁기는 중국 베이징 일대에서 뒤지지 않을 정도로 매한가지이다.

홀로 씨는 그 후 늘 외기러기 가장으로서 생활이 그늘지고 외롭다. 과거 희생적 자식 사랑은 거의 엄마들의 몫이었는데 이젠 아니다.

"남자의 삶에도 아이들 미래를 위한 고부가가치교육의 그림자가 구체적으로 진하게 드리워지기 때문이다."라고 홀로 씨는 자책하고 있다. 우리의 교육여건을 신뢰할 수 없기 때문이라고들 하지만 그걸 가능케 하는 건 무엇보다 남자들에게 익숙한 '자기 욕구의 포기'인 듯하다고 그는 생각했다. 자기 자신을 돌보는 행위는 소심하고 남자답지 못한 것이라고 느끼기 때문에 자기 욕구를 포기하는데 익숙한 게 남자들이라고 생각하고 있다.

근래에 홀로 씨는 유난히 외로움을 달랠 길 없어 퇴근 후 매일 포장마차에서 살다시피 한다. 그저 죄 없는 이슬이(찬 소주) 목만 쥐어 잡고 일명 '빠대고! 빠대는!' 것이다. 그러면서 타는 목줄기에 쓰디 쓴 소주를 부으며 포장마차 목로에 앉아 몽롱하게 취한 눈으로 이렇게 되뇌이는 것이다.

'년주야, 년팽아, 빈한아 잘들 있느냐? 아빠는 너희들이 보고 싶단다……'

'여보 장항댁 잘 있소? 오늘따라 당신 친정집에 가고 싶구먼. 그 곳 해맑은 성천길 따라 당신과 함께 걷던 둑길이 그립구려 여보. 조금만 년주와 년팽이, 빈한이 공부 뒷바라지 해주세요. 그러노라면 조만간 우리 가족 함께 살며 도란도란 얘기합시다.'

혼잣말로 답답한 가슴 달래며 이슬이 놈 목을 두어 병 힘차게 휘어 잡을제…… 오호 통제라…… 홀로 씨는 오늘 회사에서 점심시간에 직원들끼리 떠들어대던 얘기가 생각이 났다.

"김 대리님. 요즈음은 아이들에게 꼭 보여줘야 해요. 좋은 볼거리가 있을 때 사람들은 흔히 아이들에게 꼭 보여줘야 한다고 생각하는 것처럼 무릎 밑을 치면 다리가 번쩍 들리는 반사작용처럼 거의 자동이어야 해요."

"그런데 유 과장님. 좋은 것을 보고 듣고 체험하는 고도의 정신적 서비스가 왜 우리의 아이들을 향해서만 이루어져야 하는가. 이 말이에요!"

그러자 옆에서 듣고만 있던 영업부의 김 부장이 담배를 피우면서 말한다.

"세심한 심리적 서비스를 받아야 하는 사람은 아이들보다 지쳐가는 우리 가장들이에요. 그럼에도 우리 남자들은 자신의 삶, 자신의 욕구에는 여전히 자리를 내어주지 않는단 말이에요."

사내에서 말발이 유장하고 매끈하기로 소문난 유 과장이 논리 정연한 자세로 말을 이어간다.

"언제이던가 신문에서 봤어요. 아내에게 가장 감동 받을 때가 언제인지를 물었더니 남자들이 1위로 꼽은 것은 '시부모에게 잘했을 때' 였다. 남편인 자신에게 잘했을 때보다 내 부모에게 잘했을 때 더 좋은 것이다 이겁니다. 자식 우선, 부모 우선 주의가 바로 40, 50대 남자들 사망률을 계속 증가시키는 요인의 하나일지도 모른단 말입니다."

"그리고 또 하나. 정치인들이 오래 사는 이유는 '아전인수' 식 사고를 하기 때문이라고 해요. 자식과 부모에 대한 배려에 삶을 온전히 바치는 보통 남자들의 삶에 이런 정치 논리(?)를 한번 도입해 보는 것은 어떨까요. 남자들의 정신건강이라는 측면에서 꼭 필요한 일일 수도 있지요"

옆에 있던 김 대리가 말을 받는다.

"요즈음은 '기러기 아빠' 가 늘어난대요."

"오호… 그렇다더군요. 우리 회사에도 그런 분이 몇 있지요."

"맞아요. 업무부에 홀로 씨가 그 대표적인 예이지요."

"홀로 씨는 아이 셋과 부인까지 중국에 유학을 보냈대요."

홀로 씨가 점심을 먹고 양치질을 하고 막 사무실에 한

발을 들여놓자 자신의 얘기를 사내 직원들이 하는 것 같아 다시 복도로 나갔다.

"어찌 보면 홀로 씨 같은 분들이 열린 미래로 가는 게 아닐까 싶어요."

"맞아요. 홀로 씨 같은 경우는 나중에 정년하고 중국에 살 거잖아요. 그러니 얼마나 좋아요."

"아니 그래도 그렇지 아이들 외국에 보내놓고 무슨 재미로 사냔 말이에요."

"나 같으면 원…… 살 것 같지가 않아요."

"그으럼 그렇치. 아이들 교육이 뭐 다인가요."

홀로 씨가 생각에 깊이 잠기는 사이 포장마차 옆 손님들이 들이닥치며 주인에게 술을 시킨다.

"아줌마 우리도 소주 한 잔 주세요."

"예, 어서 오세요."

홀로 씨는 이슬이를 두어 병 마시면서 깊은 시름에 잠겨 있다가 퍼뜩 정신이 들었다. 술을 혼자 홀짝홀짝 마시면서 자식들 걱정과 회사의 직원들 얘기로 잠시 깊은 생각에 잠겼었다.

그리고는 처벅처벅 포장마차를 나와 집을 향하여 걸어 갔다. 그렇게 한참 집을 향하여 걸어가고 있는데 저만치 술집 간판이 보였다. 술에 취하긴 했어도 분명 간판 이름이 '기러기 아빠'였다. 홀로 씨는 무슨 마력에 이끌린 듯이 술집 문을 밀치고 들어갔다.

"술 있어요?"

"그으럼요, 기러기 아빠 이쪽으로 앉으세요."

"호호호 애들아 오늘의 주인공 '기러기 아빠' 오셨다. 뒷방으로 모셔라."

"예이 – 알겠습니다."

홀로 씨는 취중에 발길로 안방 아늑한 곳에 가서 앉았다. 잠시 후 걸출한 술상이 차려지고 홍조를 띤 미모의 아가씨들이 한복차림으로 들어왔다.

"애들아, 인사드려라. 이 분이 기러기 아빠이시다."

"안녕하시야요. 저는 길림성 연변에서 온 진유희이야요."

"안녕하시고요. 저는 흑룡강성 태릉현에서 온 진룡이야요."

홀로 씨는 쭉쭉 빠진 미희들 사이에 앉아 술잔을 거푸거푸 마셨다. 끌어안고 넘어지고 어디인가를 만지고 여인들의 호갈스런 웃음과 괴성이 오가고…… 그렇게 얼마를 마셨을까. 스르르 눈이 감기는 듯하더니 옆으로 이내 쓰러졌다.

그렇게 몇 시간이 지났을까. 그리곤 긴 잠에 빠져 버렸다.

어깨를 흔드는 소리에 눈을 스르르 떴다. 게슴츠레한 눈매 사이로 병원의 하이얀 시트와 창가의 커튼…… 그리고 아내 장항댁과 아들 녀석인 년주와 년팽, 딸인 빈한이가 옆에 앉아 있질 않는가?

"아, 아니 여 여-보. 이게 어떻게 된 일이야……?"

그러자 아내인 장항댁이 눈을 휘둥그렇게 하며 말한다.

"우리는 방학이 되어서 인천 국제공항을 통하여 집에 왔더니. 그래……흐흐윽- 흐으윽 당신이 집 앞 정림동 개천가에 술에 취하여 쓰러져 있지 뭐예요. 이를 어째……!"

"아빠- 우리가 아빠 혼자 남겨 놓고 중국으로 떠나서 너무했나 봐요. 죄송해요. 아-아빠-아 아빠-"

"……?"

"그래서 빨리 119에 전화해서 당신을 이 병원으로 모시고 왔어요."

"……?"

"그리고 의사 선생님 말씀이 당신은…… 당신은……!"

"당신은? 그 말이 무어야? 얘기해봐 응?"

"당신은 간암 말기라서 얼마 못 산대요……흐으윽-흐으윽-"

"아아빠— 아아빠—"

옆에 있던 아들 년주와 년팽, 딸인 빈한이가 침대 아래에 무릎을 꿇고 울기 시작하였다. 병실은 온통 울음 바다였다. 기러기 아빠인 홀로 씨는 울음보다는 어안이 벙벙한 상태로 창가 저 너머로 떠다니는 흰 구름 한 조각을 보았다.

어렸을 적 고향에서의 일이다. 잠자리채를 가지고 둑가로 떠다니는 흰 구름을 잠자리채에 집어넣고자 허공을 그으며 마냥 둑길과 하천가를 하루 종일 돌아다니던 그때가 떠올라 시야를 가렸다. 그런데 그 구름은 끝내 잡히질 않았다. 그러나 어렸을 적 홀로 씨는 웬일인지 잠자리채로 흰 구름 한 조각을 채에 넣고자 마냥 허공을 보고 걸어 다녔다. 하루를 헤맨 끝에 집에 돌아오자 사랑채의 할아버지는 긴 담뱃대를 재떨이에 재를 털며 이렇게 탄식하셨다.

"사람 사는 게 다 그런 것이여. 잡힐 듯 잡힐 듯 안 잡히고, 안 잡힐 듯 안 잡힐 듯 하며 잡히는 게 다 그런 이치인 기라. 부질없는 욕심 다 버리고 저 떠도는 흰 구름만 같이 너그럽고 허허로이 살그라. 그라믄 까짓 재물이나 명예가 필요 없는 거이다. 인생과 사람 사는 세상살이는 한 줌의 풀 같고, 바람같이 순간에 지나는 것이다. 그저 너무 욕심 부리지 말고 덧없이 흘러가는 저 구름처럼 허허로이 유유

히 순리에 따라 살그라. 그라믄 니 인생은 버겁지도 그다
지 어렵지도 않을 것이다."

게슴츠레한 눈매로 바라보던 창가의 흰 구름이 잠시 없
어졌다. 잠시 후 누군가 병원 복도 저편에서 하는 탄식조
의 말이 실낱같이 들린다.

"아, 글쎄 지나친 교육 욕심이 한 가장을 죽였다니께."

"쯧쯧쯧— 애들 교육이 뭐기에……"

"그러게 말이여……. 허허허"

커다란 너털웃음이 이어지는 동안 홀로 씨는 스르르 눈
을 떴다. 그리곤 눈을 비볐다.

"아니 내가 여태 긴 잠을 잤나……?"

"호호호— 홀로 씨 웬 술을 그렇게 드시었어요."

"아하……"

"아하— 내가 지금까지 이곳에서 잠을 잤었나?"

눈을 떠서 주변을 보니 분명 '기러기 아빠'라는 술집 뒷
방이었다. 지난밤 이곳 미희(美姬)들이 너도나도 따라주는
술잔에 스스로 취하여 긴 잠에 빠졌던 것이었다. 그는 휘
청거리는 걸음으로 터벅터벅 걸으며 집으로 향하였다. 집
에 가봐야 나홀로 외톨이겠지만 그래도 집으로 향하였다.
저 멀리 집 앞의 가로등이 바람결에 흩날리고 있었다.

밤의 정적을 가르며 가로등 불빛은 그저 처연하게 홀로 씨 가슴을 휘감으며 다가오고 있었다. 그의 불투명한 미래를 암시라도 하듯이…….

# 김 여사의 안전장비

　　　　　김 여사는 서둘러 남편을 출근시키고 뒤이어 영섭이를 유아원에 보냈다. 늘 겪는 일이지만 아침 일찍부터 지금껏 허리 한 번 제대로 못 펴서 그런지 온몸이 뻐근하다.

　잠시 창문을 통해 밖을 보며, 무심히 책상 위의 라디오를 켰다. 가정시간인 듯 여성 진행자가 요즈음의 세태를 얘기하고 있었다. 젊은 주부의 인신매매 얘기였다.

　얼마 전 서울에서 일어난 인신매매 사건인데, 어느 젊은 주부가 시장을 갔다가 한적한 아파트 길을 향해 오고 있는데 갑자기 봉고차 한 대가 옆에 와 나란히 서더란다. 운전수 한 사람과 그 옆에 할머니가 탔는데 유리문을 내리며 할머니가 이러더란다.

"새댁, 나도 가동 아파트까지 가는데 그 무거운 시장바구니 들고 언제 가려우? 함께 타고 갑시다."

젊은 주부는 할머니의 친절이 고마워 무심코 봉고차에 올라탔단다. 칠순이 될까 말까한 할머니는 다정한 목소리로 이런 저런 말을 하다가 가지고 있는 가방을 뒤져 찐 고구마를 건네주더란다.

"새댁 배고프지 이거 시골서 가져온 건데 한 개 먹으려우?"

"예, 할머니 고마워요."

이렇게 대답하고는 새댁은 맛있게 생긴 찐 고구마를 먹었단다.

그렇게 한 개를 거의 다 먹었을 때 이상하게도 온몸에 힘이 없고 졸음이 오더란다. 자꾸 나오는 하품을 손으로 막으며 참으려 했지만 그러면 그럴수록 더욱 몸이 눕혀지더니 그 후 젊은 주부는 정신을 잃었단다. 그렇게 얼마를 지났을까, 몸이 으스스 추워 스르르 눈을 떠보니 어두컴컴하고 허름한 어느 지하실! 문득 정신이 번쩍 들어 주위를 살피니 아무도 없어 살금살금 기어서 계단을 올라 가까스로 그곳을 빠져나와 탈출을 했다는 내용의 사건이었다.

여성 진행자의 라디오 방송을 들으며 김 여사는 온몸에

소름이 끼쳤다. 온통 신문과 방송에서는 무섭고 공포스런 인신매매 사건을 보도하고 있다. 김 여사는 답답한 마음에 길게 한숨을 쉬면서 창문의 커튼을 젖혔다.

창 밖은 완연한 봄기운으로 따스하건만 혼자 감당하기 어려운 마음에 김 여사는 전화기를 들고 남편한데 방금 라디오 방송의 얘기를 했다. 그러자 사무실의 남편은 차분히 당부를 한다.

"여보, 내가 엊그제 당신에게 사다 준 '안전장비' 잊지 말고 꼭 챙겨서 다녀요."

"…… 글쎄요, 좀 우습기도 해요."

"어? 우스운 문제가 아니야. 이 악한 사회로부터 스스로를 보호하자는 평범한 지혜야 여보."

"예 알았어요."

"참, 당신 오늘 어머님께 드릴 내복 사러 시장에 간다구 했지. 꼭 그것 잊지 말라고……"

"…… 예."

전화를 끊으며 김 여사의 양 볼에 웃음이 스르르 번졌다. 엊그제 저녁 남편은 퇴근길에 호루라기와 소형 휴대용 카세트를 사왔다. 웬일인가 하여 물었더니 앞으로 시장이나 볼일로 밖에 출입할 때는 꼭 이 두 개의 '안전장비'를 지참하고 다니라고 사왔단다. 만약의 사태에 대비하여 길가에서 인신매매 징후가 보이거나 발생할 때는 주머니의 호루라기를 꺼내 무조건 힘차게 불라고 했다. 만약 호루라기가 여의치 않을 때는 허리에 맨 소형 카세트 버튼을 누르라고 했다. 그러면 미리 녹음돼 있는 테이프에서 경찰차 사이렌 소리가 요란하게 울려 그놈의 인신매매단이 당황하여 줄행랑을 칠 것이라는 게 안전장비를 사온 남편의 변이다.

평소에도 지극히 가정적이고 자상한 남편이지만 엊그제 저녁의 일은 김 여사의 가슴을 뭉클하게 만들었다. 그만큼 자신을 아끼고 사랑하다 보니 이런 남편의 아이디어가 나온 것이라 생각하자 김 여사는 코끝이 찡했다.

엊그제 저녁 일을 생각하면서 김 여사는 시장에 갈 채비를 했다. 며칠 후면 시어머니 생신이라 내복이나 한 벌 사다 드리기로 했던 것이다. 옷을 갈아입으면서 남편의 당부처럼 호루라기를 주머니에 넣고 허리에 소형 카세트를 단단히 매달고 시장을 향하여 집을 나섰다. 완연한 봄의 색을 드러내듯 아파트 화단엔 연분홍 진달래꽃과 뽀얀 목련꽃이 흐드러지게 피어 그윽한 향기를 머금고 있었다. 가벼운 발걸음으로 아파트 입구에 있는 버스 정류장을 향해 김 여사는 걸었다. 오전 시간이어서 그런지 주위는 인적이 드물고 한적하였다. 정류장의 버스 노선 표지판을 한참 보고 있는데 갑자기 푸른색 봉고 차가 끽 브레이크를 밟으며 김 여사 앞에 덜컹 멈췄다. 봉고차 출입문 유리창이 스르르 열리더니 젊은 운전수는 웃고 있고, 그 옆으로 어느 할머니가 어서 타라며 손짓을 한다. 김 여사는 갑자기 집에서 라디오 방송을 들었던 광경이 떠올라 하늘이 노래졌다. 순간, 지금이 바로 인신매매 사건이 벌어지는 것이라 생각이 들자, 윗주머니에 들어있는 호루라기를 꺼내 하늘을 향해 눈을 감고 힘차게 호루라기를 불어대기 시작했다.

"호르륵― 호르륵― 호르륵― 호르륵―"

그렇게 정신없이 서서 약 5분 정도 불었을까, 입에 침이 마르고 힘이 빠졌다. 그러자 남편이 일러주었던 2단계 조치로 허리에 매단 소형 카세트의 버튼을 질끈 눌렀다. 그러자 음향조절이 최고조로 높여져 있는 소형 카세트에서 갑자기 요란한 사이렌 소리를 뿜어내기 시작했다.

"에에엥― 에에엥― 에에엥― 에에엥―"

정류장 근처는 갑자기 요란한 호루라기 소리와 사이렌 소리로 야단법석이 났다. 이 요란한 소리에 인근 상가의 사람들이 하나 둘 모이고 지나는 차량도 이 기이한 상황에 웬일인가 하여 정차를 하고 모여든다. 한적하던 아파트 입구에 인파와 차량이 모여 아우성을 떨었다.

어느 젊은 주부가 하늘을 보며 눈을 감고 호루라기를 부는가 하면 사이렌 소리를 내고, 구경꾼들은 웬 젊은 여자가 미쳤는가 싶어 의아해 한다. 그렇게 정신없이 얼마가 지났을까 김 여사는 팔을 흔들며 부르는 소리에 눈을 뜨고 정신을 차렸다.

"장위동 사돈 아녜요?"

"현구 이모 아니세요! 정신 차리세요. 우리에요 현구 이모……!"

눈을 크게 뜨고 주위를 김 여사는 보았다.

'아! 이 일을 어쩌나……? 아까 봉고차 안에서 웃으며 타라고 손짓하던 사람들은 다른 사람이 아니고 월계동 언니네 식구들인 시어머니와 시동생이 아닌가? 아뿔싸! 언니네 시동생은 월계동에서 미술학원을 하는데 아이들을 태우러 가는 길이었고, 사돈어른인 시어머니는 종암동 한약방을 가는 길이었다니……?

# 내 손을 잡아줘!

샬롬 씨는 새해를 맞아 가볍게 몸도 풀 겸 모처럼 그림 마을에 있는 단골집 '내 손을 잡아줘' 카바레에 갔다. 늘 느끼는 것이지만 샬롬 씨는 한마디 뱉었다.

"퉤- 늘 와봐도 도무지 이 동네는 통 앞뒤를 분간할 수 없단 말이야!"

오늘따라 주변이 온통 어두운데다 음악소리도 요란하다. 또 이런 곳에서는 아는 사람을 만나도 시끄러워서 말로 의사소통을 하기가 매우 어렵다. 몸을 맞대고 소곤대는 이유도 요란한 음악소리 때문이다. 후로링 한 쪽을 보니 물 찬 제비 한 놈이 돈이 제법 있음직한 물 좋은 한 여인을 안고 돌며 빠대는데……!

"에지간히 붙어 빠대라 인석들아……!"

그러다가도 샬롬 씨는 속으로 되뇌었다.

'하긴 지난 해에는 100여 명에 가깝게 어지간히 빠대었지. 어지간히도 말이야.'

그러다가 후로링 왼쪽을 힐끗 보았다. 둘이서 끼고 돌아가는 치들이 분명 정자 마을 이웃에 살며 통정(通情)에 붙통(!)에 죽자 사자 빠대는 '바바메이트'가 아닌가?

'아니 저 앞에 있는 물건들이 바바메이트로구나?'

그래서 한참 춤을 추는 바바메이트에게 나오라고 하고 싶어도 이곳 상황은 그렇지 못하다.

"급한 일이 있으니 한 곡만 추고 나오라."

하는 말을 전하기는 여간 힘든 게 아니다. 그 많은 춤꾼들 사이를 뚫고 들어가 큰 소리로 외칠 수도 없는 노릇이기 때문이다.

샬롬 씨는 손가락 하나를 바바메이트에게 펴 보였다. 이런 춤판의 특성 때문인지 카바레에서는 손이나 눈짓으로 의사표시를 하는 동작 언어 즉 '카 수화'가 발달해 있다.

우연히 카바레에 놀러 갔다가 보고 싶던 애인을 발견했다면 한 곡만 추고 빨리 나오라는 뜻으로 손가락 하나를 펴 보이면 되는 게 이곳의 룰이기 때문이다.

이를 눈치 챈 상대가 고개를 끄덕이면 알았다는 뜻이고 고개를 가로 저으며 손가락 세 개를 펼쳐 보이면 세 곡은 춰야 나갈 수 있다는 뜻이다.

이 분야에 일약 9단인 샬롬 씨는 이를 잘 안다. 왜냐하면 춤판에서는 한 번 잡으면 최소한 세 곡은 추어야 한다는 예절이 있는데 이제 막 잡은 상대를 그냥 놓고 나갈 수가 없으니 세 곡을 출 때까지 기다려 달라는 뜻이기 때문일지라.

이 같은 손동작도 눈치 없이 아무 때나 하다가는 함께 추는 상대방의 기분을 상하게 해 자칫 싸움이 벌어질 수도 있다.

신나게 춤을 추는데 여자가 다른 남자에게 손으로 사인이나 보내는 아둔하고 눈치코치가 없는 그런 '치'를 좋아할 남자가 어디 있겠는가 말이다.

샬롬 씨는 그래서 이 분야에 능통(能通)의 단계를 뛰어넘어 도통(道通) 천통(天通)을 했다. 그래서 그의 '내 손을 잡아줘' 99번째의 파트너인 '늘 기린'이 언제인가 이렇게 말했다.

"하여간 샬롬 씨의 사인 삼통(三通)은 기가 막혀요."

"그으럼…… 내가 이 분야에서 밥을 먹은 지가 벌써 수십 년 빠댄 걸 그냥 먹통밥만 먹은 줄 알아?"

그러면서 한 번 빠대고 들어와 늘 기린에게 교육을 한답시고 이렇게 말했다.

"파트너를 불러내려면 상대방이 눈치채지 못하게 은밀히 사인을 보내야 해. 특히 카바레에서 한두 번 만나 놀았다고 반갑게 인사를 하면 봉변을 당하거나 눈치 없는 사람으로 눈총을 받게 된다 이 말이야. 이런 데에 남녀의 60~70%는 파트너가 애인 관계야. 정다운 애인끼리 약속을 하고 카바레에 들어오는데 웬 남자가 여자에게 다가오며 반갑게 인사를 하면 두 사람의 관계를 의심하지 않을 수 없다는 말이야."

"아아, 그렇겠군요. 샬롬 씨."

"어떻게 그 남자를 아느냐? 몇 번이나 춤을 같이 추었느냐? 또 몇 번이나 그와 잠자리를 했느냐? 하고 추궁을 받게 되면 어떻게 할꺼야?"

"맞아요……!"

"그러니 춤을 추다가도 옆에 아는 사람이 있다고 고개를 숙여 인사를 하거나 '안녕하세요'라고 큰 소리를 쳐도 안돼. 그것도 불필요한 오해를 불러 일으켜 싸움을 하게 만들기 때문이지. 꼭 인사를 하고 싶으면 상대방이 눈치를 채지 못하게 눈을 껌벅인다든지 손으로 슬쩍 어깨를 치는 식으로 아는 척을 해야 해."

지난해 가을 98번째 파트너를 바꿀 즈음에 샬롬 씨가 만난 사람 중에는 이런 남자가 있었다. 외모가 번듯해 카바레만 가면 여자들로부터 인기가 높은 40대 사업가인 '설운두' 씨가 겪은 난처한 경험담 하나.

설운두 씨는 근래 자금난이 심해지면서 사무실에 있기가 두려울 정도로 채권자들로부터 빚 독촉에 시달렸다. 그래서 가끔 시간이 있을 때마다 가까운 '늘미끌' 카바레로 춤을 추러 다니는 게 유일한 낙이었다. 그런데 묘하게도 그곳에만 가면 부딪치는 여자들이 있었는데, 그들과 무심코 나눈 인사 한마디 때문에 새로 사귄 여자와 한바탕 싸움을 하고 헤어졌다.

어느 봄날, 이제 막 사귀기 시작한 물 좋은 긴 머리 '보봐리'란 아름다운 여자와 함께 그 곳엘 갔는데 카바레 입구에서 그 여자들과 또 마주쳤다. 눈인사만 하고 지나쳤으면 좋으련만 반갑다는 뜻으로 인사를 하는 게 아닌가?

"설운두 아저씨, 너무 자주 오시는 거 아녜요. 몇 번째 바뀌는 파트너에요?"

하고는 씨익 웃으며 농담까지 던지는 게 아닌가? 이 말을 들은 설운두 파트너인 보봐리 긴 머리의 여인 입장에서는 이 남자가 매일 대낮에 춤판이나 기웃거리는 백수이거나 전문 제비라고 생각하게 됐고, 마침내 그 농담 한마디로 그들은 그날 후로링에도 못 들어가고 그야말로 말짱하게 대낮에 헤어지고 말았다.

춤판의 생리를 잘 모르는 초보자일수록 카바레에서 만나 한두 번 놀았던 사람을 다시 만나면 반갑다고 소리치며 인사를 하지만 그로 인해 뜻밖의 결과가 생길 수도 있다는 사실을 알려면 한동안 춤판을 빠대고 다녀야 한다.

특히 카바레에서 만나 놀았던 사람을 밖에서 만나는 수도 있는데 이때도 눈치껏 처신을 하지 않으면 상대방을 난처하게 만드는 수가 있다.

또 샬롬 씨 주변에 이런 여자가 있었다. '온미끈'이란 잘 빠진 미녀 축에 들어가는 유부녀였다. 자녀 문제로 초등학교에 갔다가 카바레에서 가끔 만나 놀았던 남자 선생님을 만났다. 푼수기가 솟아 온미끈은 반가운 나머지 큰소리를 쳤다.

"요즘 그 여자와 재미 좋으시대요!"

"예엣……?"

그 남자 선생님은 지금까지 학교와 학부모들 사이에서 카바레에 다니는 사실을 비밀로 하고 있었는데 그녀의 한마디로 들통이 나고 말았다.

또 이런 일도 있었다. 샬롬 씨의 87번째 파트너였던 '찰부르 미셀롱'이란 여자가 있었다. 찰부르 미셀롱이 어느 날 시집 식구들과 함께 시장을 가기 위하여 시내버스를 탔다. 그런데 앞에 앉은 운전기사가 벌떡 일어나 인사를 했다.

"안녕하세요. 찰부르 미셀롱 사모님."

"……아, 예……예."

자세히 보니까 언제인가 가자 마을의 카바레에서 만나 질펀하게 붙어 춤을 추었던 그 치가 아닌가? 그 후로 몸과 마음이 상통(相通)하여 카바레에서 몇 번 만나 뒹굴고 놀았던 사람이었다. 이 운전수의 푼수기가 솟아 반색을 하며 차비까지 받지 않는 게 아닌가?

마침 운전대 뒷좌석이 비어 있어 시어머니와 함께 앉았는데 그 눈치 없는 기사 아저씨가 자꾸만 카바레 이야기를 꺼내며 말을 거는 게 아닌가.

"요즈음도 자주 가세요? 찰부르 미셀롱 사모님?"

"……?"

"언제 차 한잔 하시지요."

"……?"

"사모님은 차암 좋았어요. 역시 소문난 찰부르 미셀롱이세요!"

그 미련퉁 눈치퉁이 없는 운전수는 거칠게 차를 몰면서 노골적인 농담까지 꺼내는 것이 아닌가? 춤바람이 난 사실을 시어머니에게 들통이 날 수 있는 위기상황이었다. 시어머니에게 발각될 위기였으나 다행히 옆자리에 앉아 있던 어떤 털보 아저씨가 운전기사에게 큰 소리로 버스를 세워 달라는 바람에 운 좋게 위기를 모면할 수 있었다.

차에서 내려 시장 쪽으로 걸어가며 나이가 팔순이 다 된 시어머니는 아무 것도 모르고 물어 보았다.

"얘, 아까 그 운전수 잘 아는 사람이냐?"

"……? 아니에요. 그냥 시장에서 물건 사다가 한 번 본 사람인데 반갑게 그러네요."

"그럼 아까 그 자가 말한 뭐라더라 '찰벌레 미셀라' 라고 하던가, 하는 말은 무슨 뜻이냐?"

"……예, 그것은 시장 골목에 있는 불란서 빵집 이름인데 지금도 그걸 먹으러 다니냐는 뜻이에요."

"으음 그런 빵이 있냐. 나도 빵 좋아하는데 언제 그 집에 나도 데리고 가렴."

"……? 예, 어머님……?"

더 재미있는 일도 있었다. 샬롬 씨가 다니던 쌰인 마을의 카바레에서 만난 서른살의 백수 '놀아남'이 세월이나 낚을 양으로 무도 학원을 찾아가 춤을 배웠다.

발에 밟히고 손에 씹히며 배운 3개월의 서툰 춤 솜씨로 드디어 시연(試演)에 들어갔다. 인근에 있는 쌰인 마을의 황제 카바레를 찾았는데 그곳에서 중학교 동창생 '더친해'를 만났다. 교편생활을 하는 그 친구 더친해는 그날 카바레에서 미모의 여성과 춤을 추는데 몹시 친해 보였다. 갈 때마다 더친해는 그 여자하고만 돌고 돌아 놀았다. 자세히 살펴보니 카바레에 올 때는 물론 갈 때도 같이 차를 타고 갔다. 미처 춤판의 생리를 터득하지 못한 순진한 초보 '놀아남'의 눈에는 부부로 보였나 보다.

어느 날 놀아남은 할 일 없이 쌰인 마을 시내를 배회하다가 동창생 더친해와 붙어 함께 춤을 추던 그녀가 아이들을 데리고 지나가는 것을 발견하고는 반가운 나머지 쫓아가 인사를 하였다. 그는 그때까지도 그녀를 동창생 더친해의 부인으로 철석같이 믿고 있었다.

"아이구 이거 안녕하세요!"

"어머……. 놀아남 씨. 안ㅡ녕ㅡ하세요."

놀아남은 그녀의 옆에 있는 아이들을 보고 안부를 물었다.

"나는 너희 아빠인 더친해 와는 아주 친한 동창생이야. 집에 가거들랑 안부 전해라."

"예……?"

그런데 이상하게도 더친해의 칭찬을 하면 할수록 그 여자의 얼굴은 홍당무로 변하면서 어쩔 줄을 몰라 하는 게 아닌가.

'차암……아이 앞에서 아빠가 아닌 다른 남자 이야기를 하며 아빠냐고 했으니 그녀가 그토록 당황하는 것은 당연한 일.'

결국 쌰인 마을 카바레에서 만난 백수 놀아남은 인사를 잘못해서 상대방을 난처하게 만든 것이다.

특히 지방의 중소 도시에서 이삼 년만 춤판을 빠대고 다니면 춤꾼들의 역사를 손바닥 보듯이 알 수 있다. 그래서 이 분야 경력 삼통(三通)의 경지에 오른 샬롬 씨는 언제 누가 어떤 남자를 만나 어디를 자주 갔으며 그 남자와는 어떻게 헤어졌는지까지도 알 수 있다.

춤판이 그만큼 좁은 탓도 있겠지만 그들이 가는 곳이라야 작은 도시에 두세 군데에 불과한 카바레뿐이기 때문이다. 그래서 춤꾼들이 가장 두려워 하는 것은 춤판에서 얼굴을 팔고 다니다가 자식 결혼식장에서 춤꾼을 사돈으로 만나지는 않을까 하는 막연한 공포감이다.

샬롬 씨 주변에는 실제로 그런 일이 있었다. 교육공무원으로 평생을 보내다가 근래 명예퇴직을 한 퇴직 교사 '나몰라' 선생이 겪은 기막힌 경험담이다. 달리 할 일도 없는 처지였는지라 저녁마다 춤판을 들락거리는 게 나몰라 선생의 유일한 낙이었다. 갈 때마다 만나는 여자 '괜찮녀' 가 있어 한동안 사귀었는데, 그녀가 나몰라 선생의 딸의 시어머니가 될 줄을 어찌 예전에 알았을까?

그런데 아뿔사……! 사윗감을 선보는 자리에 춤판에서 만난 괜찮녀가 사뿐사뿐한 걸음걸이로 남편과 함께 만면에 미소를 띠며 나타난 것이 아닌가. 심장이 얼어붙는 것처럼 온몸이 굳어 오더라는 것. 나몰라 선생을 발견한 괜찮녀도 순간 큰 눈을 뜨고 당황하기는 마찬가지.

"나몰라……?"

"괜찮녀……?"

"……?"

춤꾼 파트너에게 딸을 시집보낸 나몰라 선생은 한동안 이 충격을 잊기 위해서 발을 끊어보았지만 두 달 못 가 다시 춤판을 기웃거렸다. 춤이 마약보다 중독성이 강하다는 말은 이래서 나왔나 보다 하고 실감을 했다.

춤에 대한 솜씨는 자신을 따라잡을 수 없다고 샬롬 씨는 늘 자신하고 다녔다. 카바레는 처음 만난 남녀가 손을 잡고 춤을 추는 장소이기 때문에 모든 판단의 기준이 외모일 수밖에 없다. 훤칠한 키, 늘씬한 몸매, 깔끔한 복장, 세련된 매너 등을 갖추면 샬롬 씨 같은 A급이다. 그러나 춤판은 묘한 것이어서 A급이라고 반드시 잘 팔리는 것은 아니다. 외모가 빼어난 20대 여성이 몇 시간씩 우두커니 앉아 있어도 손 내미는 남자가 없는 경우도 있단다.

"저 정도로 예쁜 여자면 당연히 애인이 있을 거야. 지금 그 남자를 기다리고 있을 거야!"

라고 짐작하고 손을 내밀지 않거나 거절당할 것으로 생각하고 손을 못 내미는 경우이기 때문이라는 게 샬롬 씨의 경험담이다. 춤판을 어지간히 빠댄 노련한 전문가를 빼고는 대부분 자기와 어울리는 상대, 즉 부담 없이 놀 수 있는 짝을 찾는다. 남자의 경우 자신보다 3~5세 젊은 여자면 적당한데, 춤을 배우는 초보 여성은 10살 아래까지도 무난하다. 이 기준을 넘으면 주책없다는 소리를 듣는다. 나이에 비해 키는 더욱 까다롭다나!

겨우 한두 시간 놀고 헤어지는 춤판에서 나이가 좀 맞지 않는다고 큰 문제가 되지는 않지만 키 차이가 심하면 그

보다 보기 흉한 꼴불견이 없기 때문이다. 남녀의 키 차이는 대체로 남자가 여자보다 10cm정도 크면 적당하다. 여자가 하이힐을 신었을 때 여자의 머리가 남자의 입이나 코정도에 오면 잘 어울린다.

예를 들어 178cm의 남자에게 잘 어울리는 여성의 키는 162~165cm정도다. 그 이하나 그 이상이면 보기에도 부자연스러울 뿐만 아니라 자세도 나빠진다. 남자는 크지만 여자가 지나치게 작으면 고목나무에 매미가 붙어있는 것처럼 보기 흉하고, 오히려 여자가 남자보다 크면 이 또한 꼴불견이다. 작은 사람들끼리 놀면 난쟁이가 장난하는 것처럼 흉해 보인다. 춤꾼들이 상대의 키를 중시하는 것은 춤추는 모양뿐만 아니라 바른 자세를 유지하기 위해서다. 큰 남자가 작은 여자와 블루스나 트로트를 추자면 허리가 구부정해질 수밖에 없어 자세를 버리고 만다.

나이가 비슷하고 키가 맞으면 그 다음은 얼굴을 본다. 남자들이 여자들이 앉아 있는 주위를 서성이다 손을 내미는 것은 얼굴을 살피기 때문이다. 어두운 조명 아래서 짙게 화장을 한 여자를 보면 대부분 미인으로 보인다. 그것이 마술 때문이라는 사실은 세월이 한참이 지나야 알게 된다. 그래서 노련한 춤꾼일수록 이리저리 뜯어보다가 이 여자다 싶으면 손을 내미는 것이다.

아무리 얼굴이 예뻐도 남자들이 기피하는 타입도 있다. 배가 나온 뚱보 아줌마다. 뚱보 아줌마와 블루스를 추면 배 사이에 이불 한 채를 끼워 놓고 노는 것처럼 둔탁한 느낌이 든다. 배만 나오지 않았으면 춤은 좀 못 추어도 좋다는 것이 남자들의 공통된 의견이다.

여자들이 제일 싫어하는 남자도 역시 배 나온 남자인데, 머리까지 벗겨졌으면 기피 인물 제1호다. 얼굴이 못생긴데다 배까지 나왔어도 잘 팔리는 여자가 있다. 의자에 앉아 기다릴 사이도 없이 잘 팔리는 인기 스타들을 자세히 살펴보면 대부분 편안한 인상이다. 아름다운 여자에게 손을 내밀 때는 거절당했을 때의 당혹감을 어떻게 처리할 것인지도 미리 대비해 둬야 하지만 부담 없는 여자에겐 거절당할 위험성이 적은 데다 거절을 당한다 해도 별 부담이 없다. 그래서 편해 보이는 여자는 쉴 새 없이 잘 팔린다나!

새해 어느 날.

샬롬 씨는 외도를 했다. 여간해서는 빠대는 꾼들이 가지 않는 실버 카바레를 갔기 때문이다. 노인들이 많이 모이기로 유명한 할미 마을의 '실버 카바레'는 춤을 배우려는 초보들이 반드시 거쳐 가는 곳으로 인식돼 있다.

이곳에선 무도 학원을 갓 졸업한 젊은 여성들이 육십 노인에게 아양을 떨며 춤을 배우는 모습이 여기저기에서 눈에 띈다. 3~4개월 정도 열심히 배우면 음악을 타게 되면서 햇병아리 소리는 면하게 된다나. 이때쯤 초보자는 그야말로 빠대는 꾼이 되어 자기에게 어울리는 짝을 찾아 물 좋은 카바레로 떠난다. 3~4개월 동안 매일 만나 춤을 가르치며 마음까지 주었던 노인은 허전한 마음을 달래기 위해 또 다른 초보를 찾아 눈을 번쩍이는 것이 춤판이다.

눈이 내린 새해. 꾼인 샬롬에게 나이가 지긋한 아이고 마을에 산다는 '돌아줘' 할머니 한 분이 걸려들었다. 드디어 새해를 맞아 지난해 99번째에 이어 100번째 파트너를 만나는 순간이었다.

"젊은 양반. '내 손을 잡아줘요.'"

"……예? 예, 그- 그렇게 하지요."

허리가 꾸부정한 칠순의 할머니를 껴안고 후로링을 두어 바퀴 도는데 이 돌아줘 할머니가 하체를 샬롬 씨의 국토 중심부에 밀며 바짝 붙는 게 아닌가.

그렇지 않아도 요즈음 아내 '쏘옥'이의 인민군대(월경)가 한 무리 쳐들어와 울창한 조국 산하를 붉게 물들이는 바람에 쏘옥에게 쏘옥 다가가지 못하여 아랫도리가 심심

찮게 심드렁한 상황이었다. 그러자 때를 맞추어 아랫도리
가 쏘옥 불쑥(!) 하는 게 아닌가? 내친 김에 하체를 붙이고
밀고 들어오는 돌아줘 할머니를 향하여 진격에 진격을 하
였겠다. 위로 포복, 아래로 포폭, 좌우상하로 돌고, 위로
빠지고, 유격 앞으로 돌진…… 그러자 순간적으로 돌아줘
할머니가 후로링에 미끄러지면서 퍽—하고 넘어지는 게
아닌가.

"호옥— 아이고, 아이고 나 죽네. 돌아줘 죽어."

"아니, 할머니 괜찮으세요……?"

그러자 춤으로 빠대던 후로링 안이 온통 동작을 멈추고
긴장을 했다. 후로링에 미끄러지면서 바닥에 누운 할머니
가 눈이 허옇게 뒤집혀 실신하는 게 아닌가. 그것도 잠시
지배인이 119를 부른 것인지 구급차 소리가 밖에서 요란
하게 들렸다.

"메에롱— 메이롱—메에롱—메에롱—"

"얘들아, 빨리 들것에 옮겨. 새해 벽두부터 초상 치르게
생겼다. 쳇, 제기럴 젊은 놈이 어지간히 밀고 잡아주지……"

"……!"

# 노예폰

## — 행복폰

천지(天地) 잡지사의 윤나리 기자는 '잘 나가 21 자가용'을 몰고 천국행 21번 대로변에 들어섰다. 휘파람을 불면서 가벼운 마음으로 핸들을 잡았다. 이번 달 특집호에 "21세기 현대인 천국행 버스를 타다."의 제목 아래 기사를 쓰기 위하여 취재길을 나서는 중이었다.

어떤 포맷으로 멋진 기사를 한 꼭지 만들까 생각을 하면서 앞에 가는 천국행 버스를 따라 나섰다.

그런데 저만치 앞에 가던 천국행 버스가 속도를 내는가 싶더니 밤사이에 살짝 내린 빗길에 버스가 옆으로 45도 각도로 기우는 게 아닌가……? 그러다가 순간적으로 버스가 휘청거리면서 갑자기 뒤집혔다.

"끼이익－끼이익－"

"퍼어억－퍼어억－"

윤 기자는 갑작스런 버스 전복 사고를 접하면서 기자 특유의 직업 정신을 발휘하여 카메라를 꺼내 셔터를 눌러 대기 시작하였다.

"허어억 사고다 사고……특종이다. 특종이야……!"

"차알칵－차알칵－"

"부지런히 천국행 버스 전복 사고 현장을 잡아야지."

저만치 윤 기자의 카메라 셔터 터지는 소리와는 관계없이 버스가 뒤집힌 대로변의 교통사고 현장에서는 아우성 소리와 눈물이 뒤범벅된 상황이었다.

"끼이익－끼이익－"

"어이쿠－어이쿠－"

"사－사람 살려－사람 살리려－"

천국에 가는 대로변에 천국행 버스가 빗길에 뒤집히면서 수십 명의 사람들이 깨진 창문과 차창 밖으로 피투성이가 되어 아비규환이다. 깨진 유리 파편과 승객들의 신발과 구두, 짐가지, 버스 창의 파편들 도로 바닥에 긁힌 아스팔트 조각들과 울부짖는 아우성…….

"내 팔이야－"

"내 발이 없어졌어? 아아악—"

"사 사람 살리려— 흐으윽—"

"어 엄마아— 팔이 없어졌어요. 흐으윽—"

피투성이가 된 채 손가락과 팔다리가 잘려나간 부상자들이 울고불고 난리를 피우면서 도로 바닥에 나뒹구는 버스 몸체와 구겨진 창틀 사이로 사람들과 뜨거운 피가 함께 엉겨 흐느적거리고 있었다.

곧이어 경찰차가 달려오고 앰뷸런스가 경적 소리를 내며 몰려들었다. 대로변은 상·하행선 차들로 정체가 되고 차에서 나온 구경꾼들로 인산인해가 되고 있었다.

"메에롱—메에롱—"

"애애앵—애애앵—"

뒤집힌 버스 차창 밖으로 손이 쑤욱 나오면서 피로 얼룩진 자그마한 핸드폰이 나타난다. 그러자 구경하던 사람들이 이구동성으로 소리를 친다.

"어허? 저어기 피 묻은 핸드폰이 나오네."

"사람보다 핸드폰이 먼저 탈출하네?"

"그을쎄 말이야. 핸드폰이 먼저 버스를 탈출하구 있군 그래."

뒤집힌 버스 차창 밖으로 사람들의 얼굴과 팔이 모습을

드러냈다. 사람들의 손에는 핸드폰이 들려 있었으며 그들은 하나 같이 피묻은 핸드폰을 귀에 갖다 대는 것이었다. 의자 밑으로 굴러 떨어진 핸드폰을 찾으며 우는 사람, 찢겨진 바지 사이로 핸드폰을 찾는 사람, 한쪽 팔이 없어 다른 쪽 팔로 핸드폰을 찾는 사람, 발목이 부러진 채로 핸드폰을 찾는 사람 등 온통 핸드폰을 손에 쥐고 있거나 교통사고의 충격으로 인하여 떨어진 핸드폰을 찾는 사람들로 붐볐다. 요컨대 천국행 21번 대로변의 교통사고는 '핸드폰을 찾기 위한 교통사고'로 확실히 구분되고 있었다.

때마침 윤 기자의 주머니 속에 있던 노예폰(핸드폰을 언제부터인가 노예폰으로 규정지음)이 울리며 신호가 왔다.

"삐리릭— 삐리릭—"

"여보세요."

"아아. 윤나리 씨 나야. 신애."

요즈음 한참 잘 사귀는 애인인 신애라의 전화였다.

"애— 애라. 지금 나 출장 취재 중에 교통사고 현장을 목격하고 취재하는 중이야. 내가 나중에 서울 가면 연락을 할게."

"아, 알았어. 잘 다녀와, 윤나리 기자님."

"얼른 끊어요. 애라 씨."

윤 기자는 바빠 죽겠는데 노예폰이 울려 짜증을 내었다. 그런데 아뿔사, 지금 여기 교통사고 현장에서도 핸드폰이 사상자들 사이로 먼저 튀어나오는 게 아닌가!

윤 기자는 담배 한 대를 피워 물고 사고현장을 빠져 나오며 근래 핸드폰 사용의 사례들을 생각해 보았다.

윤 기자 자신도 아침에 눈을 뜨면 노예폰을 먼저 연다. 그리고 차를 몰면서 노예폰을 충전시킨다. 삐리릭 삐리릭 신호가 오면 운전 중에 노예폰을 귀에 갖다 대고 통화를 한다. 사무실에 도착하면 책상 옆에 노예폰을 놓고서 기사를 작성한다. 업무 중 오는 전화를 받기 위해서이다.

요즈음 윤 기자는 장이 나빠져 설사 때문에 화장실에 자주 가는 편이다. 화장실 갈 때도 역시 노예폰을 가져가야 한다. 수시로 찾는 왕골치 편집장의 전화를 받아야 하기 때문이다. 화장실에 앉아 쭈르륵-쭈르륵- 한참 설사 사냥에 나서고 있는데 오늘도 왕 왈-왈 왕.

"윤 기자. 니 이것도 기사라고 썼나. 니 정말 기자 맞는 고?"

"예, 정정하겠습니다."

경상도 사투리에 치켜 올라간 눈썹 아래로 인상을 쓰는

왕골치 편집장의 황혼의 부르스인 잔소리를 들어야 한다. 핸드폰으로부터의 노예생활은 온종일 이어진다. 점심시간, 오후 출장시간 등 특히 윤 기자의 노예폰은 퇴근 후 진가를 발휘한다. 술 마시자는 전화에서부터 즉시 전화를 받지 않으면 터지고야 마는 애라의 잔소리까지……. 올 가을 애라와 결혼 약속을 하고부터는 더욱 퇴근 후의 통제와 근무 시간의 확인이 이어진다.

"윤 기자. 내 전화 못 받을 땐 틀림없이 다른 여자하고 데이트하고 있었지? 자기 혹시 그 업무부의 숙희라는 아가씨 만난 것 아니야?"

"아, 아니야. 직원들하고 저녁 먹었어."

이렇게 다그치는 전화 때문에 퇴근 후 즉시 노예폰을 받아야 한다. 만약 벨이 다섯 번 울릴 때까지 못 받으면 그날은 '꽝'이다. 이 꽝은 윤 기자가 애라에게 그날 밤에 뽀뽀를 못 하든지, 이마에 꿀밤을 먹는 시간이다.

윤 기자는 이 노예폰의 사용 사례를 또 여러가지로 생각해 보았다. 농사짓는 농부들도 요즈음은 핸드폰을 들고 논밭으로 다닌다고 한다. 왜냐면 부인으로부터 언제 쉬며 언제 새참을 내어갈지 연락이 오기 때문이다. 또 농협 직원으로부터 언제 대출이자를 내러 오느냐고 물어오기 때문이다.

또 어부들로 마찬가지이다. 배가 나갈 때 핸드폰을 꼭 지니고 가야 한다. 왜냐면 어판장이 열리는 시간에 맞춰서 싱싱한 고기를 잡아가야 하기 때문이다.

시장에서 장사하는 사람들도 마찬가지이다. 언제 손님이 오는지, 언제쯤 가야 제값을 받을 수 있는지 이 핸드폰으로 알아봐야 하기 때문이다.

엄마에게 언제 수업이 끝나니 언제까지 차로 데리러 오라느니, 인터넷으로 숙제해야 하는데 어느 자료를 뽑아 달라느니…….

이제 핸드폰은 누구나 들고 다니는 생활필수품이 되어 버렸다. 우리는 텔레파시가 통하는 초능력자들처럼 언제 어디서나 자신의 생각을 다른 사람에게 전달 할 수 있게 된 것이다. 윤 기자는 이를 두고 새로운 인간형인 '호모 텔레포니쿠스(전화하는 인간)'가 등장했다고 표현한 한 언론학자의 글을 생각했다.

윤 기자는 어느 날 애인 애라와 함께 시내 영화관에 가서 영화를 보았다. '찍히면 죽는다'와 '해변으로 가다'의 젊은 주인공들은 호모 텔레포니쿠스의 전형이라 할 만하다고 생각했다. 이들이 보여주는 핸드폰에 대한 집착은 경이로운 데가 있었기 때문이다. 팔이 잘려 나가고 그 잘린 팔이 도축장 쇠갈고리에 걸려 있을 때까지도 손은 핸드폰을 꽉 움켜지고 있었다.

기차 안에 갇혀 죽음의 공포에 맞닥뜨릴 때 떨리는 손으로 허겁지겁 가방을 뒤져 찾아내는 것도 (칼이나 총이 아니라) 핸드폰이었던 것이다. 다가오는 죽음 앞에서 유일한 구원의 가능성인 핸드폰이 바닥에 떨어져 괴한의 발에 짓밟히는 순간, 그것은 곧 죽음을 의미한다. 그러면서도 본능적으로 부서진 핸드폰 조각들을 향하여 손을 뻗치고 있으니……?

호모 텔레포니쿠스에게 핸드폰은 단지 음성 정보를 주고받기 위한 매체인 것만은 아니다. 산 속에서 가까이 있을 친구의 위치를 확인하기 위해 핸드폰의 벨소리를 이용한다. '마지막 여행'이 될 것이라는 불길한 예언 역시 핸드폰의 문자 메시지를 통해 전달된다.

두 공포영화는 또 우리 사회의 집단 무의식에 내재된 감시체제에 대한 막연한 두려움을 보여주고 있다고 윤 기자는 생각했다.

실제로 컴퓨터 네트워크의 확산에 따라 수많은 공적·사적인 기관들이 방대한 개인 정보를 수집하여 컴퓨터 사용자들을 '관리' 하고 있으며 데이터베이스에 의한 전자감시체제의 위험성을 증가시키고 있다. 시스템 운영자는 우리를 볼 수 있지만 우리는 그들을 볼 수 없다는 데에 근본적인 두려움이 있는 것이다.

웹 사이트를 통해 친구의 살인 장면이 재현되거나, 고속도로 휴게소 텔레비전에 이미 살해당한 동료의 모습이 나타날 때, 또 전자우편을 통해 끊임없이 협박 메시지를 받을 때 주인공들은 철저히 감시당하고 있다는 두려움에 휩싸이기 때문이다.

권력은 시선의 방향에 의해 결정된다. 감시자는 숨어서 감시하는 한 권력(칼이나 도끼)을 마음껏 휘두를 수 있다. 그러나 범인이 마스크를 벗거나 자신의 정체를 밝히는 순간 예외 없이 자멸의 길을 걷기 시작한다.

오늘날 우리 사회의 감시 카메라는 도처에 깔려 있다. 해변으로 도망가도 그 감시망을 벗어날 수는 없다. 물론 카메라에 찍힌다고 당장 죽지는 않지만 적어도 우리는 누가 우리를 찍고 있는지, 누구의 시선이 우리에게로 향하고 있는지 살펴보아야 한다. 우리에게로 향한 시선의 방향을 그들에게 향하도록 돌려놓는 것만이 전자감시체제의 공포 속에서 살아남을 수 있는 유일한 방법이기 때문이다.

윤 기자와 애라는 영화를 보고 나오면서 함께 약속했다.

"야. 우리 이 골치 아픈 노예폰 한강에다가 버리자."

"좋아. 그렇게 하자구!"

둘은 '잘 나가 21 자가용'을 타고 한강으로 갔다. 차에서 내린 그들은 강가에 서서 하나 둘 셋 하며 함께 핸드폰을 버리기 위하여 하늘 높이 팔을 올렸다.

"하나아ㅡ두우울ㅡ셋에엣ㅡ"

그때 윤 기자의 핸드폰이 허공에서 강렬하게 울렸다.

"삐리릭ㅡ삐리릭ㅡ"

던지려던 핸드폰을 겸연쩍게 든 윤 기자는 통화를 했다.

"여ㅡ여보세요. 어디세요?"

"여, 여기 뉴딜리 복권 회사인데요. 지난번 사신 고객님의 복권 번호가 321777번인가요?"

"네, 그래요. 맞아요."

"축하 드려요! 고객님이 사신 복권 321777번이 1억 원의 상금에 당첨이 되었어요."

"예엣ㅡ 뭐에요……?"

옆에 있던 애라가 펄쩍 뛰며 윤 기자의 목을 끌어안으며 소리친다.

"오호라, 통제라. 우리 결혼 밑천 생겼네. 야호오─야호오─."

"요 노예폰이 행복폰이 되었네."

"하하하─호호호─"

# 도둑님표 루주딸기

노오란 낙엽이 황갈색으로 변하며 만추로 가는 계절. 부산에서 강의 요청이 있었다. 잘 되었다 싶어 가벼운 마음과 여행 가는 기분으로 열차 의자에 몸을 깊숙이 파묻고 이런저런 사색의 행군을 했다. 차창에 비치는 늦가을 농촌의 평화로움과 고즈넉함이 느껴졌다. 문득 커피 향기가 생각이 났다. 마침 지나가는 판매원에게 커피를 시켜 마셨다.

독일의 음악가 바흐의 'G선상의 아리아'의 음률이 머리에 떠올라 콧노래로 악상을 따라갔다. 잘 마른 목관악기가 토해내는 듯한 웅혼의 자태와 창밖 만추의 정취, 입 안에 촉촉하게 감기는 커피 맛이 시나브로 다가와 스르르 눈을 감게 한다.

그렇게 얼마나 갔을까? 열차 내 안내 방송이 나온다. 잠시 후 부산진 역에 도착하니 하차 승객은 선반 위에 놓고 내리는 소지품이 없도록 안전하게 플랫폼에 내리란다. 부산진 역에 내리니 찬 바람이 귀밑을 스친다. 늦가을이라서 그런지 쌀쌀하여 외투 깃을 세웠다.

미리 연락을 받고 영접 내온 승용차를 타고 강의장으로 향하였다. 본디 소설을 쓰는 작가의 집념으로 스트레이트로 두 시간의 교양 강의를 마치고 박수를 받으며 연단에서 내려왔다. 주최 측에서는 이렇게 말했다.

"인기 작가 선생님의 특강이라서 청중들이 입추의 여지 없이 이천여 석의 강당을 꽉 메웠어요!"

"선생님, 오늘 강의는 참으로 좋았습니다. 수고하셨어요."

"예, 감사합니다."

막 강당을 빠져 나오자 몇몇의 여성들이 호들갑을 떨며 뒤를 따라 온다.

"작가 선생님 그냥 가세요? 술 한잔하고 가시어야지요."

"예, 그럴까요."

"선생님 명강의 명강사(名講義 名講師)인데 그냥 보낼 수 없어요."

"오, 허허허— 그 그럽시다아. 나도 긴 강의로 목이 타는데……."

삼십 대에서 사십 대로 보이는 여성들이 양팔을 잡고 강당 건너 식당으로 이끈다. 일행은 식당 안쪽에 있는 방으로 가서 자리를 잡고 맥주와 소주를 시키며 빙 둘러 앉았다.

두 시간에 달하는 강의가 끝난지라 목이 말라 시원한 맥주 몇 잔을 들이켰다. 제법 살만한 부잣집 마나님 같아 보이는 중년의 여성들도 소주와 맥주를 번갈아 마시며 술잔을 권커니 잣커니 한다. 대화는 뜨거운 문학과 인생의 화두(話頭)로 분위기를 익혀갔다.

"오늘날에 문학은 사회에 무엇이며, 인생에 있어 과연 어떤 유익을 주는가?"

"예술은 길고 인생은 짧다."

"물은 개나 마시는 법, 그래서 우리 같은 고등동물은 오늘 술을 마신다!"

문학을 하는 여성들답게 제법 유창한 언어들로 풍미하며 주석(酒席)의 분위기는 익어갔다.

아까부터 건너편에 앉아 소주만을 조용히 마시는 이지적(理智的)인 여인이 눈에 띄었다. 나이는 아마도 30대 중반

같아 보이며 긴 머리를 하고 있어서 본디 인텔리풍의 스타일이 딱 맞아 떨어지는 취향이었다. 분홍색 상의에 노오란 스카프, 엉덩이에 꽉 끼는 흰 바지 하며 농(濃)익다 못해 요염하기까지 한 이 여인을 힐끗힐끗 바라보며 술을 마셨다. 이상하리만치 그 여인도 이쪽으로 자주 눈길을 보내며 살포시 웃곤 했다.

빠알간 루주를 바른 입술이 섹시하여 가히 뇌쇄적이다. 옆 자리의 여인들의 수다는 건성으로 듣고 빠알간 루주를 바른 농익은 여인의 일거수일투족(一擧手一投足)만을 바라보았다. 그러면서 생각했다.

'내가 저 여인의 입술은 오늘 반드시 훔칠 터이다. 저렇듯 나를 애절한 연모의 눈빛으로 바라보는 여인을 그냥 놓고 가면 남자의 예의가 아니다. 만약 저 입술을 훔치지 못하면 이 술을 마시지도 않고 나는 남자도 아니다. 이 세상에서 제일 맛나는 술은 여인의 입술이라 하지 않았던가. 오호라!'

그렇게 작심을 하고 술을 마시던 중에 드디어 기회가 왔다. 소주를 이슬에 젖듯 시나브로 마시던 이 여인이 화장실을 가려고 일어나는 것이 아닌가. 분홍색 상의에 흰 바지에 터질 듯한 엉덩이를 흔들고 나가는 관능적인 그녀를 뒤따라갔다. 화장실에서 잠시 볼 일을 보고 나오는 사이 소리를 쳤다.

"여사님. 입술에 딸기가 묻었어요? 눈을 감아 보세요."

얼결에 말을 들은 여인은 잠시 눈을 감는다. 그 사이 이 찬스를 놓치지 않고 여인의 머리를 덥썩 안은 채 입술을 훔쳤다. 그것도 힘차게 입술을 깡그리 뭉개며 줄기차게 빠대고 빠댔다. 여인은 갑작스런 기습 뽀뽀에 놀랐으나 워낙 순식간의 일인데다 말도 못 하게 입술을 거친 남자의 입으로 포개버리는 바람에 꼼짝 못하며 넘어갔다. 처음엔 버둥거리다가 나중에는 체념한 듯 가만히 있었다. 아니 나의 어깨를 가볍게 안아주었다.

"어머나… 어머나? 이를 어째……선생님이 이, 이럴 수 있어요?"

"예, 이것 미안합니다. 작가도 남자라서 그만… 너무 예뻐서 감히 제 입술을 헌납했어요. 허허허—"

"뭐, 뭐에요옷… 세, 세상에나… 네, 네상에나… 차라리 조용히 그냥 달라고나 하시지… 호호호— 저도 작가 선생님이 마음에 들었는데… 풍부한 지식에 유머러스한 인간미와 백과사전 같은 작가님의 풍모에 그만 저도…!"

"그래요…? 그러면 조용히 나에게 윙크라도 하시지. 그럼 내가 살포시 입술을 덮었을 것을…!"

우리 둘은 얼굴을 붉히며 말했다. 방에 있는 일행들에게 들킬까봐 겸연쩍은 모습으로 방으로 들어가 버렸다. 나는 입술 점령에 쾌재를 부르며 대충 술자리를 마무리하고 열차를 타고 집으로 왔다.

"룰루라라― 룰루라라―"

집 앞 근처에는 딸기 장수 리어카에 빠알간 딸기를 수북하게 쌓아놓고 어둠에 칸델라 불빛을 밝히며 지나가는 손님을 부르고 있었다.

"자, 맛있는 꿀 딸기 한 바구니에 오천 원, 오천 원―"

딸기를 물끄러미 쳐다보니 강의를 마치고 여인의 딸기 같이 빠알간 입술을 훔친 생각이 났다. 빙그레 웃음이 나온다. 술 기운을 가다듬고 대문 앞에서 초인종을 눌렀다. 잠시 후 현관에서 아내가 반긴다.

"여보 오늘 강의 잘했어요?"

"그으럼 자알 했지."

웃옷과 강의료 봉투를 내밀자, 아내는 반갑다는 듯 받아들었다. 그러던 아내가 얼굴을 쳐다보더니 의아한 듯 묻는다.

"아니, 여보. 당신 입술이 왜 그렇게 빠알게요?"

"응, 뭐어야. 빠알게…?"

순간 생각했다.

'오, 신이시여! 아까 부산에서 강의를 마치고 어느 여인의 입술을 훔치고는 루주를 닦지 않고 그냥 왔단 말인가? 이런 젠장 술이 웬수로다, 술이 웬수……'

이 위기를 어떻게 모면할까? 순간 집 앞에서 팔던 빠알간 딸기가 생각이 났다. 그래서 이렇게 둘러댔다.

"응, 요 앞에서 딸기가 먹음직스럽더라고. 그래서 술도 깰 겸 딸기를 먹어서 묻었나봐."

아내는 빙그레 웃으며 응수한다.

"예, 요즈음 딸기는 루주가 묻어서 나오지요?"

'아뿔사……!?'

아내의 빈정거림은 이어진다.

"오늘 신문을 보니까 신 개량품 종 '도둑님표 루주딸기'가 나온다고 하더이다."

"……!?"

"흥ー"

"오 마이 갓……!"

가만히 생각하니 부산에서 열차를 타고 술 한 잔 한김에 의자에 앉아 고개를 뒤로 젖히고 있는데 지나가는 판매원들이 슬금슬금 웃고 지나가던 모습이 생각이 났다. 맞아 건너편에 앉아있던 어느 아가씨도 힐끗힐끗 쳐다보며 웃었었지……?

'그럼 그때 내 입술에 묻은 요놈의 도둑님표 루주를 보고 웃었단 말인가……? 오, 이를 어쩌나……!'

# 먹코 게 섰거라

李 기자는 데스크를 나가면서 시무룩한 표정을 지었다. 요즈음 같아서는 그야말로 '죽을 맛'이었다.

날이 새고 나면 전 사원의 사표를 받느니 문제의 기자는 녹아웃이니 하는 이런 얘기들이 '구조조정'의 밑그림으로 분분하고 있다.

李 기자 자신도 근래 인생과 가정전반에 걸쳐 구조조정에 들어가고 있다. 우선 현재 만나고 있는 친목회와 동창회, 직장동료끼리 모여 의기투합하는 술(酒)회와 언론인들의 모임인 앵무새회 등을 합하여 매월 만나는 모임이 무려 열다섯 개에 달하고 있다. 이 모임에 나가는 회비만도 매월 삼십만 원에 달하고 있어 보통 신경 쓰이는 것이 아니

었다. 그래서 이를 최소한 다섯 개 이내로 줄여 인간관계를 전반적으로 구조조정하고 있다.

또 주말이면 가족과 야외로 나가서 마치 영국 왕실의 고급 의식을 연상케 하는 화려한 외출 코스로 두 손 걷어 부치고 먹고 있는 '마이 홈 갈비 파티'도 한 달에 한 번으로 줄여야겠다고 엊저녁 아내와 이불 속에서 베갯머리송사를 하였다. 그러자니 아들인 '겨레'와 딸 '민족'이의 고급스런 입맛 때문에 다소 소요가 예상되지만 그야말로 겨레와 민족을 위하여 거국적인 안목으로 가족 다자간 노사정협의회를 거쳐 단안을 내리기로 했다.

그리고 아직도 가끔 청춘을 불사르기 위하여 만나는 밤의 절정 홍색 여인도 이젠 만나질 말아야겠다고 생각했다. 만나면 근사하고 분위기 있는 레스토랑에서부터 스탠드바를 거쳐 더러는 깊은 골 넓은 그곳까지 풀코스로 하는 날에는 열흘 치 일당을 아내 몰래 비자금 처리해야 하는 고민과 손실의 낭비가 그야말로 태평양이다.

'자아! 이래서는 안 된다. 이 어려운 경제 위기를 견뎌 나가려면 구조조정을 해야 한다.'고 李 기자는 우선 스스로 실천강령 깡디드 1호를 엄숙하고 단호하게 발령을 했다.

우선 지금 타고 다니는 신나라 자동차의 고급 중형차인

싼타모나를 경차 중의 경차, '먹코' 차로 당장 바꿔야겠다고 생각했다.

어제 李 기자는 동료들과 매일 화풀이, 신나풀이로 즐기는 회사 뒤에 자리한 '시인통신(詩人通信)'이란 술집에서 술잔을 돌리기 시작했다. 술잔만 잡으면 한꺼번에 마셔 초전에 박살내는 사진부 朴 찰칵 기자가 첫마디를 거든다.

"야, 나는 말야. 중형차인 아벨다를 경차 먹코로 바꾸었더니 글쎄 신나는 것이 많아."

늘 생각하는 로댕으로 전천후 요격기형 술꾼으로 불리는 사람, 사회부의 尹 기자가 술을 마시며 말을 받는다.

"야, 그게 그렇게 구조조정이 잘 되는 차란 말야?"

"그으럼, 자 들어볼래. 기름 값이 지난해보다 두배 이상 오른 이 마당에 중형차를 우리 같은 말석 기자가 몰고 다닌다는 것부터가 구조대상이야. 엔진 배기량이 800cc인 경차 먹코는 참 알맞은 구조조정 차야. 연료비 적지 중과세 면제지, 주차비 할인 등 각종 혜택이 넘친단 말이야! 그리고 출퇴근 때 수많은 차량으로 붐빌 때는 비 사이로 막가파의 차란 말씀이야. 자 술맛나안다아. 야호! 브라보."

尹 기자가 먹음직스런 두부모를 안주로 씹으면서 말한다.

"아하! 그래서 요즈음 경차가 불티나게 팔린다는 얘기군. 내 주변의 친구들도 차를 많이 바꾸었지."

朴 찰칵 기자가 첫 술에 취했는지 게걸스럽게 거들고 나선다.

"뭐야 뭐가 먹음직스럽단 말이야. 이 술이야? 아니면 이 코야?"

朴 찰칵 기자가 다시 부언한다.

"코 얘기가 나왔으니 말이지. 남자는 코가 잘 생겨야 하는데 李 기자 코가 최고의 코야!"

尹 기자는 때는 이때다 하고 말을 거든다.

"맞아 맞아. 코는 李 기자 코가 최고야. 생각해봐 李 기자가 가끔씩 만나는 밤의 절정 홍색 여인이 李 기자가 좋다고 쫓아다니는 것 보라구."

"소문에 의하면 그 밤의 절정 홍색 여인은 李 기자가 없으면 못 산다구 하나봐. 에이 나도 코나 잘 생길 것이지. 이렇게 거시기로 생겨 가지구 말이야. 쯧쯧쯧."

"지난 54년 제작되어 전 세계적으로 인기를 끌었던 이탈리아의 페데리코 펠리니 감독의 영화 〈길〉에서 주인공 안소니 퀸과 줄리에타 마시나가 나오지 않는가? 거기에서 잠파노의 거구와 잘 생긴 코를 보란 말이야. 나이 어린 여배우 젤소미나가 홀딱 반하게 생겼잖은가 말야."

"그래 그래 맞아 그랬어. 거무튀튀한 머슴 같은 잠파노의 코는 그야말로 거시기였어."

"바로 그 안소니 퀸의 코가 바로 李 기자 코와 닮았단 말씀이야. 그러니 말로만 듣던 밤의 절정 홍색 여인이 반하지 않게 생기지 않았냐 말이야!"

일행의 대화를 듣고 있던 李 기자는 반색을 하며 말을 한다.

"아니 이 친구들이 왜 얘기를 하다가 갑자기 내 얘기로 화제를 돌리나 허허헛."

李 기자는 엊저녁 술좌석의 농담을 생각하면서 아나바다 중고차 집하장을 가기 위해 서해시 금강동으로 차를 몰았다. 대부분 차량들이 작고 가벼운 소형차들이었다. 그런 차를 볼 때 李 기자는 자신의 차 싼타모나를 보면서 조금 쑥스러웠다.

"어유, 이젠 얼른 먹코로 바꾸자 바꿔…."

그런 생각을 하며 막 금강동의 아나바다 중고차 집하장에 들어서는데 꿈에도 그리던 먹코 차가 자신의 옆을 쌩하고 스쳐가는 것이 아닌가?

그것도 어느 미모의 긴 머리 아가씨가 운전을 하면서 말이다.

　　"어어? 먹코 이노옴, 게 섰거라…. 어어? 게 서지 않고 어디를 그리도 쏜살같이 가는 고오……!"

# 메리

언제부터인가 아내는 경제적으로
도 부담이 없고, 아이들에게도 동무가 될 예쁜 강아지 한
마리를 키웠으면 하는 바람을 갖고 있었다.

얼마 전 서울에 사는 처남이 말했다.

"족보 있는 진돗개 한 마리 줄 테니 잘 키워 봐. 후일 강
아지 한 마리 되돌려 주는 조건이야."

나중에 들은 얘기지만 족보 있는 진돗개는 강아지 한 마
리에 몇십만 원씩 하는 비싼 애견이란다.

진돗개를 데려와 이름은 부르기 좋게 '메리'라고 부르기
로 했다. 메리가 살 집은 주인집에서 안 쓰는 개집이 있으니
갖다 쓰라고 해서 잘 청소한 후 사용하기로 했다.

메리가 우리 집에 온 며칠 후 큰 딸 '귀우리'가 초등학

교에 입학을 했다. 아내도 귀우리 뒷바라지 하느라고 바쁘고, 나는 나대로 직장생활에 쫓겨 그렇게 한동안 메리에게 무관심한 나날이 지나갔다. 그러던 어느 한가한 휴일 오후였다.

밖에서 아내가 메리를 데리고 들어오며 깜짝 놀란다.

"여보, 우리 메리가 왜 이러죠?"

"아니, 왜 그러는데?"

"앞다리가 이상해요!"

아내의 말에 의아해 하며 아장아장 걷는 메리의 앞다리를 보니 반듯해야 될 다리가 'O' 자로 둥글게 휜 것이 아닌가. 다시 한 번 걸음마를 시켜 걷게 해봐도 마찬가지였다. 안타까움에 즉시 가까운 가축병원 수의사에게 데리고 갔더니

"어린 것에게 밥만 많이 주고 활동도 못하게 매 놓고 키워서 그렇습니다."

하는 것이었다. 가만히 생각해 보니 담 구석에 매 놓고 밥만 많이 준 채 무관심하게 내버려 두었구나 하는 생각이 들었다. 'O' 자로 휘어진 다리로 비틀비틀 걸어오는 메리를 보니 여간 미안하고 측은하게 보이는 게 아니었다.

족보 있고 예쁜 강아지를 무책임하고 사랑이 없는 우리들이 바보 강아지로 만들었다고 생각하니 발걸음이 여간

무거운 게 아니었다. 수의사 말대로 철분이 부족한 것 같아 멸치와 명태 말린 것을 시장에서 사다가 먹이기로 했다.

그 후 아내는 시장에서 멸치와 명태 말린 것을 사다가 부엌에 보관했는데, 둘째 딸 '얼라'가 잘못해서 간장을 그 위에 엎질러 버렸다. 아내는 투덜대며 햇볕에 말리려고 마당에 신문지를 깔고 널어놓았던 모양인데 어느 새 냄새를 맡았는지 이웃집 개와 고양이가 반쯤은 물어 갔다며 속상해 했다.

"에이구 속상해, 불쌍한 우리 메리 먹이려구 했더니 저 놈의 고양이와 개만 포식을 했네. 에이구 속상해!"

그래서 위로도 할 겸 한마디 거들었다.

"그것들이 우리네 인생이고 세상인 법이요. 여보."

최근 아내는 허리가 아파 고생을 한다. 가끔 병원도 다니고, 또 내가 밤이면 안마를 해주든가, 파스를 정성껏 허리 부분에 붙여 주었다. 이런 연유로 부엌의 연탄을 갈고 연탄재 버리는 일은 언제부터인가 내가 하기 시작하였다.

아침저녁으로 운동 삼아 자청해서 이 일을 하기로 했다. 아내는 미안한지 그윽한 미소를 보내곤 한다.

이런 이유로 이웃에선 가정적인 남편이라고들 하는 모양인데 사실 그런 호평을 들을 만큼 자상하고 가정적인 남편, 가정적인 아빠로 불리기에는 많이 부족한 사람임을 내 자신이 잘 안다.

하루는 일찍 퇴근해서 그날도 예외 없이 부엌에서 조심스럽게 연탄을 갈고 있는데 메리가 목에 단 방울 소리를 내며 촐랑촐랑 다가오는 게 아닌가. 웃음으로 반기며

"메리, 메리, 어서 오너라."

하면서 연탄가는 일을 계속 하였다. 그런데 갑자가 옆에 있던 메리가 주둥이를 땅에 대며 끙끙거리는 게 아닌가.

웬일인가 싶어 메리를 보니 연탄을 막 갈기 위해서 잠시 바닥에 내려놓은 불탄을 먹이인줄 알았는지 냉큼 주둥이를 댔던 모양이다.

아! 이 일을 어쩌란 말인가. 훨훨 불붙고 있던 불탄에 주둥이를 대는 바람에 새까맣게 몽땅 그을려 저처럼 땅에 대고 끙끙거리니…….

"집에 오자마자 밥을 너무 먹이는 무관심 속에서 다리가 'O'자로 휘는 병을 얻고, 그나마 먹일 멸치도 이웃집 개와 고양이에게 빼앗기고, 훨훨 탄 불에 앙징스러운 주둥이까지 태워버렸으니. 아! 불운의 강아지 메리야, 주인 잘못 만난 탓에 너의 수난의 역사가 이렇게 시작이 되었구나. 우리 집 메리야!"

# 볼랑가

**어느 날.** 대한민국 중원 땅의 문인산 방에서 '거시기'와 '머시기' '저시기' 명창 삼총사가 드디어 만났다.

마침 출출하던 차에 보문산 자락 솔재에 있는 '한밭집' 주막에 들러 턱배기 한 잔을 터억? 걸쳤겠다.

한 잔 걸친 거시기 수염이 난 턱을 쓰윽 문지르고는 삼배바지 허벅장단을 불쑥 들어 내놓지를 않는가. 이를 본 광주댁 한마디.

"어이구, 뭘 허시는 게라우. 여인네 앞에서 시커먼 허벅지 내놓고 시리…"

그러자 거시기가 손을 저으며 한마디 한다.

"아니여. 한밭댁 내 노랫자락 한마디 헐라구 허는디. 들어 볼랑가?"

"아유, 그려유."

허허— 허허— 흐음— 흐음— 목청을 가다듬은 거시기가
일성을 뽑는디.

상주 합천 공골 못에
연밥 따는 저 처녀야
연밥 연꽃 내 따줄게
내 품안에 잠 들어다오
잠 자주기는 늦지 않으나
연밥 따기가 늦어를 가네
요 내 품에 잠 자주기는
아주 늦어 가네.

육자배기 한 자락 끝나자 너무 구성진 소리에 머시기와
저시기, 한밭댁 그리고 그 옆에 막걸리 심부름하는 여인네
솜리댁이 연호하며 박수를 친다.

"하하하— 모처럼 속이 후련 허네이."

"오오빠— 오오빠"

"짝— 짝— 짝—"

그러자 거시기가 목이 컬컬한지 턱배기 다시 한 순배

들이키고는 말한다.

"자네들 시방 부른 노래 한 자락이 뭐인가 아는가?"

"글씨……?"

"뭐 갱상도 노래 같기도 허구……"

"알긴 제대로 아는구먼. 방금 내가 헌 것이 바로 고것이여. 그 무엇이냐. 갱상도 상주지방의 농요란 이 말여."

"그려유우?"

"말허자면. 연못서 연밥 따는 것 보다는 이내 품에 잠드는 것이 어뗘냐 허구 처녀에게 넌지시 묻는다 이말이여."

광주댁이 술청에 고추파전 한 접시 내놓으며 거든다.

"고것이 뭣이 간디요?"

긴 담배대를 입에 물고는 거시기는 호령을 한다.

"요런 무식헌 밥쟁이를 보았나? 요런 것이 옛스러운 사랑의 농스러운 표현법이라 이거여 요 여편네야. 말 허자면 잠 자주는 것이 연밥 따기보다 낫다 이 말여, 이 말이여. 글구 잠을 자줄 수 있다는 대답이여. 총각의 마음이 올메나 설렜을 끼여. 그렇다고 무작정 기다리다 보면 자칫 '닭 쫓던 개'가 되는디 말이여. 이내 품에 잠자 주기가 늦어지니 연밥 따는 일일랑 뒤로 미루든지 아니면 포기를 허라고 처녀가 추파를 보낸다 이거여."

아까부터 잔뜩 호기심에 치마 춤을 들랑대던 솜리댁이 얼굴의 주근께 만지며 거든다.

"하이구매. 남사스러워라. 위티기 처녀가 잠자자구 헌디여?"

"더 들어봐. 애라 모르겠다. 연밥일랑 내일 따도 없어지지 않겠지 허구선 총각을 따라 치마 깃을 여미며 따라 나섰을 것이 여인네인 것이여."

앞에서 술을 치며 턱배기를 들이키던 머시기가 한마디 한다.

"좋타아. 인자는 내가 노래 한 자락 헐텐디 말이여."

"조오치. 인자는 자네가 받을 차례인디."

한밭집 술청엔 또 다음엔 어떤 소리가 나오려나 하고 잔뜩 기대를 한다. 선 소리의 1인자 머시기. 일동은 선 소리꾼(立唱꾼)의 입만 힐끔거리고 쳐다본다. 평생을 소리판에서 잔뼈가 굵은 우리의 선 소리꾼. 머시기가 목청을 세운다. 그는 길가에 지나가는 강아지만 보아도 척척 소리를 붙여 만들어 부를 수 있는 타고난 우리의 재주꾼 아니던가.

저기 가는 저 할머니 딸이나 있거든
날 사위 삼우
사위야 때 묵은 손님이나

내 딸이 어려서 못삼겠네.


　한밭댁과 솜리댁이 호들갑을 떨며 박수를 친다.

　"호호호 머시기 아저씨. 일드옹—"

　"오우빠—오오빠—짝—짝—짝—"

　머시기는 박수소리에 기분이 좋은지 얼굴에 홍조를 띠며 말한다.

　"요것은 말이여. 할머니에게 소리꾼이 총각 농군의 말을 대신허는 것인디. 매일 함께 일터로 나서는 입장에 '벙어리 냉가슴 앓듯' 말도 못허는 빙신이 끙끙거리는 총각이여. 안타깝기만 허지. 일 잘하고 잘 생긴 이 총각, 여자 앞에만 가면 다리가 후들거린다 이거여."

　다시 이어지는 머시기의 노래 후렴 해설.

　"아, 그런디. 이게 웬 날벼락 같은 말인가 말이여? 딸이 어려서 못 여윈다고 허니께. 이 총각 맥이 풀리고 기운이 나자빠져……이번에도 틀렸나보다 허구선. 할머니의 연세를 보니 막내딸이라 하여도 나이가 꽤 찼을 것 같은디. 어리다니 아이고 내 팔자여—."

　총각 일하는 폼이 속이 상하고 기운이 쑥 빠진 듯 하자 우리의 선소리꾼 머시기의 이어지는 다음 목소리 보소. 입가에 의미 있는 미소를 날리더니 한 번 목청을 높이는디.

아이구 어머니 그 말씀마소
참새는 작아도 알을 낳고
제비는 작아도 강남을 가구요
굴새는 작아도 굴을 파요
내 나이 어려도 시집 갈라요.

"짝— 짝— 짝—"

"차암 노랫자락 하나 시원 허네이!"

"요것이 말이여. 할머니 딸의 말이 구구절절 옳다는 뜻
이여. 기운이 옳던 총각의 어깨에 갑자기 신바람이 나고
농사일에 힘이 붙는다 이거여. 이제야 임자를 만났구나 허
구 올해 추수가 끝나면 반드시 장가를 들어야겠다 그런 것
이여.

일 잘하고 잘생긴 총각, 이제야 임을 만나서 백년해로를
할 수 있겠다 이것이여. 이렇게 한 나절 소리를 하고 나니
속도 허하고 갈증도 난다 이것이여. 시원한 막걸리라도 한
사발 마셨으면 좋으련만 새참을 준비하러 들어간 논 임자
네 아낙은 아직도 저만치 논두렁 끄트머리에 보이지 않는
거 아녀."

아까부터 거시기와 머시기의 노래가 끝나기를 바라던 저시기가 그냥 넘어 갈 수 있나!

"흠 흠—인자는 내 차례여!"

"아암, 저시기가 빠질 수는 읊지여."

"허—허—"

그때 마침 앞 마을에 사는 곱단이가 읍내를 가려고 한껏 모양내고 동구 밖으로 나가는 모습이 얼핏 눈에 띄었겠다.

저기 가는 저 아가씨
냉수나 한 그릇 떠다나 주오
언제 보았던 님이라고
냉수를 한 그릇 떠달라 하오
처음 보면 초면이요
다음 보면 구면일세
초면 구면 다 제쳐놓고
냉수나 한 그릇 떠다나 주오.

"허허허 저시기 참말로 노래자락 끝내주는 것이구먼"

"그으름. 예전이 호남 제일의 명창이 아니던가 말이여."

거시기와 머시기의 칭찬에 고조된 듯 목이 힘주며 저시기의 노래 후렴 해설이 이어진다.

"목이 마른 참에 냉수 한 그릇을 청했는디. 곱단이가 언제 본 님이냐고 토라진 것이여. 넉살 좋게 곱단이의 투정을 받아주었지만 목이 타들어 오니 어찌헐 것이여. 초면 구면 따지지 말고 냉수나 달라고 재촉혔지. 마을 어귀에 있는 공동샘에서 지나가는 행인에게 시원한 물을 한 바가지 떠서 급히 먹으면 체할세라 버들잎을 띄워 고개를 뒤로 돌리고서는… 두 손으로 공손하게 건네주던 우리 곱단이. 소리꾼의 청을 거절하지 못하고 읍내 나들이를 뒤로 미룬 채 집으로 달려가 한 동이 가득 물을 길어 바가지와 함께 논둑에 갖다 놓는 것이 아닌게벼."

다시 이어지는 저시기의 구성진 노랫가락.

서광 서되 박은 댕기
증류 서 말 올린 댕기
끌만 물려 넌짓 쌓고
뒤로 보니 궁둥채라
앞으로 보니
떠오르는 반달이로세
연지 찍고 곤지 찍고
쪽두리 쓰고 원삼 입고
댕기 드리고 용잠 질러
원삼쪽두리 외씨 같은 버선
지난급 나귀 타고

정대산으로 한 벌 굴러
두 번 굴러 석 대 굴러
정대산에서 내려오는 듯


"하하하 – 하하하 –"

"한밭댁 턱배기 한 사발 더 쳐주게!"

"하이구매. 오늘 임자들 만났구먼. 왜들 이렇게 청이 좋
디여!"

"언니 오늘 참 날 받았구먼유."

술을 치는 한밭댁 곁에서 솜리댁이 두루뭉실한 엉뎅이
즈려깔고 히히덕 거린다.

다시 이어지는 저시기의 허벅장단 후렴가락.

"곱단이는 시집가는 꿈을 꾼다 이것인디. 아무리 고되고
어려워도 언제나 소리를 잃지 않고 항상 그 고통을 소리로
풀어 버리려고 노력헌 것이 우리 조상님네들의 혼이 아닌
게벼."

"그으럼. 참말로 젤로 존 것이 우리 농사판 농요이구먼."

"천년이 가도 만년이가두 이 노랫자락은 변허지 않을 것
이여."

한밭댁이 말한다.

"옛날에는 사랑도 연애도 차암 멋있게 표현 혔네유."

"그으럼. 요즘처럼 한 방에 쳐 부수는 그런 것이 아니여. 품위와 예술을 조합한 멋진 풍류였지."

"자, 또 한 자락 해 볼랑가!"

"그려, 내 노래 한 자락 들어 볼랑가?

"조오치 – 조오하–"


상주 합천 공골 못에
연밥 따는 저 처녀야
연밥 연꽃 내 따줄게
내 품안에 잠 들어다오
잠 자주기는 늦지 않으나
연밥 따기가 늦어를 가네
요 내 품에 잠 자주기는
아주 늦어 가네.

(얼쑤우– 쿵짜악–)


저기 가는 저 할머니 딸이나 있거든
날 사위 삼우
사위야 때 묵은 손님이나
내 딸이 어려서 못삼겠네.

(절쑤우 – 쿵짜악 –)

저기 가는 저 아가씨
냉수나 한 그릇 떠 다나주오
언제 보았던 님이라고
냉수를 한 그릇 떠 달라하오
처음 보면 초면이요
다음 보면 구면일세
초면 구면 다 제쳐놓고
냉수나 한 그릇 떠다나 주오.

(얼쑤우 – 쿵짜악 –)

# 브라보공화국

천하의 방랑객 김삿갓이 지난해 말. 유럽 여행을 마치고 아시아의 대륙이자 중국인들이 천도(天都)라고 자부하는 베이징에 도착했다.

다소 피곤한 몸이었지만 곧장 베이징 시내 왕부정가(王附正街)로 갔다. 이곳 중앙시장가에 있는 양산박(수호지에 나오는 술집인데 춘추전국시대 불세출의 영웅들이 당시 어수선하던 시절에 뜻 있는 산적들과 모여 술을 마시고 당시 사회에 대해 탄식 했다는 곳)주점에 앉았다. 이곳에 오면 잘 어울리는 시인이자 풍류객 '두부와 이벽'이 있기 때문이었다.

"어이, 한국의 김삿갓 오랜만이야."

"응, 그렇군. 그래 잘 있었나?"

"지난해 유럽에 다녀왔다며?"

"음음, 그랬어. 참 후진타오는 잘 있나?"

"그 친구들 요즈음 미국 오바마와 신경질중이야."

"왜?"

"해남도(海南島)에 불시착한 미군 정찰기 문제로 골머리야."

"그래 닉슨과 모택동이 '핑퐁외교'로 풀어간 화해무드가 깨질 것 같군."

김삿갓과 두부의 대화에 이벽이 천천히 술을 마시며 말을 받는다.

"재미없는 정치 얘기 그만하구. 술 먹는 얘기하자구."

일동은 모두 옳다는 듯 건배를 외친다.

"마시자! 건배―"

"술은 역시 성인 공자님이 마시던 공부가주(公府家酒)가 최고야!"

그러자 이벽 시인이 말을 한다.

"아냐, 술은 역시 마호타이야."

"모택동이 닉슨과 화해무드를 조성하면서 전 세계의 이목이 시선이 집중되는 TV 앞에서 이 '마호타이'를 건배하는 바람에 이 술이 전 세계적으로 유명해져 지금껏 불티나게 팔리고 있잖아. 그래서 우리 15억 중국인들이 지금 밥을 먹고 있잖냐 말이야."

그러자 한참 웃던 두부가 말을 한다.

"아참, 언제던가 한국의 제주도에서 한국 대통령과 미국 대통령이 만나 술을 마셨다지. 그때 술 이름이 무엇이었더라?"

빙그레 웃던 김삿갓이 대답한다.

"남북한이 함께 아우른 술이지요. 북한에서 제조하여 서울에서 자리잡은 맛깔스런 고려의 술 문배주이지요."

그러다가 두부와 이벽이 함께 말한다.

"맞아, 김삿갓. 이번에 우리가 북한 김정이 위원장으로부터 자신의 생일 초청을 받았소. 함께 갑시다."

김삿갓이 무릎을 쳤다.

"아무렴 내가 가야지……!"

세 사람은 다음날 북한을 향하여 출발을 했다. 북한 김정이 비서실에서 특별 비행기편을 베이징으로 보내 순안 공항에서 영접을 한다고 했으나 세 사람은 육로를 통하여 여행 삼아 간다고 점잖게 거절을 했다.

요령성 선양을 거쳐 연길시, 두만강변 도문시 다리를 건너 북한 남양시에 도착했다. 그리고 평양에서 미리 제공한 승용차 리무진으로 평양으로 들어갔다.

숙소는 대동강변 상류쪽 숲 속에 있는 '백합 초대소'에 여장을 풀었다. 김정이 위원장 생일을 맞은 평양은 마치 큰 축제를 여는 것 같았다. 그들의 안내를 받은 첫날 김정이 위원장 파티에 참석했다.

"오우케이─ 반갑습니다. 이거 중국의 시인들과 남조선 방랑시인 김삿갓까지 오셔서 대단히 감사합니다."

"초대해 주시어 감사합니다."

내빈석으로 안내된 일행은 말로만 듣던 김정이 위원장 호화 파티를 구경 할 수 있었다. 잠시 후 현란한 율동과 경쾌한 음악 연주팀으로 잘 알려진 그 유명한 '보천보 전자악단' 오르간 전주가 시작되었다. 뒤이어 '왕재산 경음악단'의 분위기를 압도할 만큼 장중한 음악이 스멀스멀 연기처럼 흘러나온다.

그러자 김정이 위원장이 건배를 제의한다.

"북조선과 전 세계 인민을 위하여!"

"…… 북조선과 전 세계 인민을 위하여!"(일동)

친위 음악단 같은 기쁨조가 펼치는 경쾌한 음률이 전용 별장을 메우고 술이 몇 순배 돌자 김정이 생일기념 파티의 장막이 오르며 백미(白眉)를 이룬다.

분위기가 무르익어 갈수록 김정이 위원장의 술 파티는 그야말로 하나의 파노라마요, 한 개인을 위한 북조선 인민의 쇼였다.

　김정이 위원장과의 술 파티. 이것을 그의 정치와 생명력인 불가분의 관계를 설정하고 있는 것 같았다. 김정이 위원장 자신이 주색광(酒色狂)이기도 하지만 술의 마력을 빌려 그의 카리스마적인 고도의 정치를 하기 때문일까……! 그의 술 파티는 그러니까 유흥과 정치의 이중구조를 띠는 북한 최고의 사교모임인 것이다.

　이것이 이날 파티를 참관한 풍류객인 두부와 이벽, 김삿갓 세 풍류객이 바라본 김정이 위원장 파티 스케치였다. 세 사람은 내빈석에 앉아 주최 측에서 제공한 꼬냑과 북한산 용성맥주를 들며 조소와 환희, 놀라움 등으로 김정이 위원장의 세기적 파티를 바라보고 있었다.

　김정이 위원장 자신은 늘 이렇게 말을 한다.

　'난쟁이 똥자루 같다!'

　그는 대중적 스타감은 못 되는 것 같았다. 다만 작달막한 키에 쏘는 듯한 눈빛, 속사포 같은 발음, 그리고 앞뒤가 안 맞는 문장들… 이래서는 신(神)과 같은 카리스마에다 대중을 휘어잡는 언변과 제스처를 구비한 아버지 김일선 주석에 비하면 그야말로 어린아이 수준이다. 누구보다도 김정이 위원장 스스로가 이 점을 일찍부터 간파하고 있을 만큼 그는 영특하다.

그래서 그가 구상해낸 것이 일종의 오늘 같은 '술 파티'가 아닌가 싶다. 기왕지사 지도자의 소양 가운데 하나인 대중적 이미지를 갖추지 못할 바에는 밀실에서나마 고급 간부들을 구워 삼고, 각 분야 지도급 인사들에게 주연을 베풀고 선물을 주어 자기 사람으로 만듦으로써 자신의 통치기반을 다지는 것도 그의 위치에서 할 수 있는 유일의 인치술(人治術)일 것이다.

일행은 김정이 위원장 파티의 흐름을 면밀하게 지켜보았다. 김정이 위원장 주연은 그의 파티 조직비서가 전담하고 있었다. 김정이 위원장의 지시 아래 기본팀을 포함, 참가 대상 인물, 초청 밴드 및 배우, 장소 등을 선정하고 있었다.

선정 기준은 그날 모임의 성격에 따라 달라지고 있었다. 김일선 주석의 4·15 생일 기념 주연에는 기본팀에다 혁명 1세대 원로들을 초청하며, 4·25 인민군창건일에는 인민무력부장 등 군부 측근들이 초청대상이 된다고 한다.

주연이 열리는 날은 김 부자 생일날, 4·25 인민군창건일, 3·8 부녀절, 5·1 노동절 등 국경일 기념일에다 고급 간부들의 생일날이 포함된다. 김정이 위원장이 손수 베푸는 생일연회는 무력부장 등 정치위원, 당비서 및 부장, 정무원 총리 및 부총리, 그리고 일부 정무원 부장과 특정 인물이 그 대상이다. 특정 인물은 함남 용성기계연합소 노력영웅 같은 인물로 이들은 도 단위 당책들도 함부로 손을 못 댄다.

그가 술친구들과 즐겨 마시는 술은 프랑스산 코냑과 도수 높은 위스키이며 북한산 맥주(용성)도 즐겨 찾는다. 맥주는 큰 잔에 여러 병 쏟아 부어 단숨에 들이키며 폭탄주도 의례적으로 돌린다.

김정이 위원장이 주는 술은 다 마셔야 하며 술을 제대로 못 마셨거나 남한의 대중가요를 못 부르면 비판을 받는 아이러니를 낳고 있다. 그 비판은 직접적이진 않지만 나중에 사업(업무)을 통해 압력을 가한다고 한다.

주연에 등장하는 요리는 초특급이었다. 일행 세 사람은 말로만 듣던 요리 등 온갖 것이 생소함에 놀랐다.

"자, 많이 드시오. 두부 선생."

"그럽시다. 이벽 선생. 이 진귀한 요리들을 언제 또 먹어보나요?"

"김삿갓 선생도 많이 드시오. 남조선에선 이런 술과 요리 못 먹어요!"

세 사람은 모두 입을 다물 줄 몰랐다. 그러자 전 세계 방랑으로 많은걸 먹어보고 들어 입담이 좋은 김삿갓이 말했다.

"저 하얀 설원의 북극 철갑 상어알, 열도의 아프리카산 흑도미, 싱싱고라는 베링해의 연어알, 동해의 광어, 북한산 메기탕과 쏘가리탕…… 오호라! 모두가 세계 곳곳의 특산물 진수성찬 이 다 모였구나. 자! 초특급 메뉴입니다. 자 알 먹읍시다. 브라보……!"

"브라보, 브라보, 브라보……"

김정이 위원장 개인은 이런 류의 음식에다 산삼, 사향, 천연꿀 등 각종 불로장생 식품을 복용한다. 특히 수천 년 된 천연꿀은 화강석처럼 단단한 것으로 남한에는 알려지지 않은 신비의 약이다.

술 파티에 드는 모든 물자는 호위총국 제2국이 총괄하고 있었다. 제2국은 일명 '아미산 대표부'로 불리며 김정이 위원장 측근의 지휘 아래 물자의 구입에서 밥상에 오르기까지의 전 과정을 맡으며 철저하게 검열하고 있었다. 국산 식품의 경우는 공장 기업마다 '9호 직장'에서 전담, 이를 아미산대표부로 직송한다.

김정이 위원장과 그의 술친구들은 전국 도처에 깔린 김

부자 전용 별장과 중앙당 집무실 옆의 연회장(大 2개, 小 3개)에서 흥청거린다고 하는데…….

주요 별장은 평양시 용성구역의 중이 별장, 마람 별장, 동북리 별장, 상원 별장, 한북 별장, 주을 별장, 함남 별장, 단천 별장, 백두산 별장, 삼지연 별장 등 1백여 곳으로 규모가 작은 것까지 합치면 수백 개에 이른다. 특히 '중이' 별장의 특색은 남한의 청와대 규모이며 함남 홍원~리원의 수중 별장은 3m두께의 유리벽에 수중 100m에 설치된 초호화인 것으로 알려졌다.

이곳에 초대되는 술 파트너들은 만수대예술단 기쁨조 등 예술단 소속 인민배우, 공훈배우들이며 출입은 동료 예술단원들이 모를 정도로 철저히 비밀에 붙여진다.

세기적인 김정이 위원장 술 파티가 거의 끝나갈 무렵이었다. 김정이 위원장은 일행을 헤드테이블로 불러냈다.

"중국대륙의 두부 선생, 이벽 선생 그리고 우리의 동포 남조선의 김삿갓 선생 이리 오시오."

세 사람은 좋은 술과 훌륭한 안주, 분위기에 취하여 아리송송한 상태에서 내빈석에서 일어나 비틀비틀 거리며 홀 가운데에 있는 하늘같은 김정이 헤드테이블에 둘러섰다.

그러자 김정이 위원장이 일동을 보며 우렁차게 외친다.

"유일(唯一)을 하자!"

"……유일(唯一)을 하자!"(일동)

"……!"

일행은 세기적인 김정이 위원장 파티를 마치고 대동강변 백합 초대소로 돌아왔다. 다음날 기왕 내친걸음에 북한을 두루 구경이나 하자꾸나.

절경의 기암괴석 금강산과 해당화꽃 피는 명사십리 백사장, 널따란 둔치의 개마고원, 역사적인 명소인 개성 등 각종 명소를 구경하고 베이징으로 다시 왔다.

김삿갓은 두만강을 넘나드는 비행기 안에서 저 아래 무심히 흐르는 파아란 강물을 바라보며 이렇게 독백했다.

"천도무친 상흥선인 천도시비(天道無親 常興善人 天道是非)……?"

# 세기의 베이비

**자욱한** 실안개가 걷히면서 새로운 세기를 알리는 장엄한 햇살이 창가로 쏟아지며 새 아침이 찾아 들었다. 서울 남산 중턱에 있는 '베들레헴 병원' 신생아 분만실에도 예외 없이 새로운 시대의 축복의 종은 울렸다.

병원 복도를 산모로부터 갓 나온 아기들의 울음소리가 우렁차게 메우고 있어 마치 예수의 탄생지인 베들레헴의 마구간을 연상하는 듯 했다. 의료진과 가족들로부터 축복을 받으며 안도의 미소를 짓는 산모의 넉넉함. 이를 둘러싸고 축하해 주는 주변 가족의 환한 얼굴들이 새로운 세기의 장엄한 해돋이와 함께 피어오르고 있다.

베들레헴 병원의 새해 벽두의 화제는 다름 아닌 '김달궁' 씨 가족. 달궁 씨 가족은 이날 의사와 간호사들의 축복 속에 그야말로 '장군감 남자 쌍둥이'를 얻을 것이다.

"어머, 오늘 같은 날 쌍둥이 남자아이라니…?"

"김달궁 씨 축하합니다. 이 더블 축복을 주님에게. 감사와 은총을…!"

"아, 감사 또 감사— 감사합니다."

"허허허. 한꺼번에 고추가 두 개 겹치었으니 달궁 씨의 세기는 그야말로 희망 쌍곡선이야."

"야호오……!"

"오! 주님이시여."

달궁 씨는 연신 고개를 숙이고 주변 가족들의 축하 인사를 받으며 허리를 펼 줄 몰랐다. 그저 만면에 싱글벙글 그 자체였다.

그 자리에서 달궁 씨 부부는 아이들 이름을 지었다. 먼저 난 아이는 '해', 다음에 난 아이는 '달'이라고 지었다. 하긴 아빠의 이름이 '달궁'이요, 산모의 이름이 '해임'이니 이들 가족은 당연히 우주를 둘러싼 글로벨리제이션(Globalization) 밀레니엄 가족이었다.

달궁 씨는 안도의 미소를 짓는 아내 '해임'을 회복실에 보내고 휴게실에서 새로 나온 '애너스(Annus)'라는 담배를 한 개비 피워 물었다. 그리고는 '푸우후—'하고 길게 연기를 내뿜었다. 무릎 위에는 지난해 4월 제주 신혼여행 때 아이스크림 호텔에서 참가 선물로 준 아이의 기저귀와 유아복이 가지런히 놓여 있었다.

"제주도 두 번 가게 생겼네!"

"어쩐지 아이스크림이 여러 개 녹아나와 아들 상을 점지한 커피색이었다고 했드랬지……"

달궁 씨는 포만감에 조용히 눈을 감았다. 지난해 일이 불현듯 생각이 났다.

달궁 씨는 '달나라 신문사' 사회부 기자이다. 또 지금의 부인인 '해임' 씨는 같은 회사 편집부 오퍼레이터였다. 둘은 업무적으로 자연스럽게 친해졌고 사랑에 빠졌었다. 양쪽 집안에서의 반대가 없었던 것은 아니었지만 그들의 인내가 오늘날의 남자 쌍둥이를 태어나게 하지 않았을까! 하고 달궁 씨는 스스로 위안하고 있었다.

그 당시 주변의 사람들은 이렇게 얘기를 하곤 했다. 그럴 때 마다 달궁 씨와 해임 씨는 차분히 설명을 해 나갔다.

"신문쟁이끼리 어떻게 살아가려고 그러니. 얘들아?"

"결혼은 저희들이 합니다. 불행도 저희들 몫이고, 행복도 우리들이 만들어 갑니다."

하고 밀어붙였었다. 달궁 씨와 해임 씨 커플은 각자 양쪽 집안을 설득하고, 가족과 주변으로부터 뜨거운 갈채를 받으며 결혼에 골인을 하고 드디어 제주도 여행길에 나섰다.

그것도 단순히 결혼의 일반적인 풀코스로 택해서 신혼여행을 간 게 아니었다. 새로운 세기의 베이비를 탄생시키기 위하여 지난해 4월 5일 식목일을 넘기고 4월 9일자로 택일을 해 결혼 일자를 잡아 제주 중문단지의 바닷가에 위치한 '아이스크림 호텔'을 예약한 것이다.

마침 이 호텔에서도 세기의 베이비 특수를 노려 4월 9일에 투숙한 신혼부부 중 '사랑의 게임'을 벌일 백 쌍을 모집했었다.

달궁 씨 커플은 그것마저도 예약권 밖으로 밀려날 상황이었지만 마침 제주에 사는 작가이자 병원장인 김순탁 씨의 알선으로 가까스로 방을 얻을 수 있었다.

호텔에 도착해보니 새로운 세기의 베이비를 잉태하려고 전국 각지에서 모여든 젊은 신혼부부들로 호텔 주차장과 로비 등이 장사진을 이루고 있었다.

그들은 마치 난자와 정자와의 거룩한 만남을 위한 청춘의 사투(死鬪)라도 벌일 듯 밝고 들뜬 얼굴을 하고 호텔 주변 바닷가를 산책하고 있었다. 또 이곳은 이른 아침 저 멀리 마라도의 파아란 물 위로 떠오를 해돋이 광경을 보기 위한 포석으로도 사람들이 많이 모여들었다.

'새로운 세기 베이비 백 쌍' 행사를 주관한 호텔 측에서는 태어날 아이들의 기저귀와 유아 속옷 등을 허니문 기념 선물로 각각 준비하였다.

황혼이 질 무렵. 주변을 서성이던 많은 신혼부부들은 잠시 후 각자의 객실에 들어가 벌일 '사랑의 게임'을 환상적으로 꿈꾸며 몸과 마음이 들떠 있었다.

달궁 씨와 해임 씨 커플도 호텔 주변 바닷가를 맴돌다가 로비로 들어왔다. 그러자 한쪽에 사람들이 웅성거리고 있었다. 둘은 호기심에 그곳에 가보았다.

"오늘 초대받은 여러분을 환영합니다. 여기 있는 행운의 아이스크림을 한 번 맛보시지 않으실래요?"

"무슨 아이스크림이길래?"

"……?"

둘은 로비를 걸으면서 이제 이해한 듯 맞장구를 쳤다.

"아! 이래서 아이스크림 호텔인가……?"

"그래, 맞아 맞아……!"

행사의 주최 측인 듯한 젊은 신사 한 사람이 마이크를 잡고 방송을 한다.

"여기 서 있는 청년 나신(裸身)의 남자 동상 입 속에 오백

123

원짜리 동전 두 개를 넣고 부끄러워 말고 동상의 남성 거시기를 잡고 동서남북 방향으로 돌리면 됩니다. 그러면 작동장치의 전달로 인하여 잠시 후 동상의 손에 아이스크림 한 개가 나올 것입니다. 이때 아이스크림이 커피색이면 오늘 밤 아들을 점지할 상이고, 분홍색이면 딸을 점지할 상이라고 합니다. 1월 1일에 정확하게 아이를 낳을 커플은 호텔 이용료를 50% 할인해 줍니다. 여러분, 이용해 보세요. 행운의 주인공을 찾습니다. 자아— 참가하실 분은 여기 신청서에 작성하여 제출해 주시기 바랍니다."

"허허 별의 별 아이스크림 축제가 다 있군그래."

"심심파적 삼아 한 번 해볼까."

젊은 커플들은 저마다 호기심에 오백 원짜리 동전을 나신의 남자 동상 입 속에 넣고 청동으로 만들어진 남성의 거시기를 히히익— 웃으며 동서남북으로 돌리고 있었다. 그리고는 동상의 손에서 나오는 아이스크림을 먹으며 즐거워하고 있었다. 더욱 기이한 것은 위의 조명등이 동상의 거시기를 야릇하게 연분홍색으로 비추면서 신혼부부의 선택을 기다리고 있었다는 것이다.

"아이, 이상해……?"

"난 못해 챙피해서. 호호홋?"

하며 뒤로 물러서는 여성도 있고, 어떤 여성은

"에이, 한 번 해보자. 숙박비 50% 할인이라니까. 호호호…"

하고 오백 원짜리 동전을 동상의 입 속에 과감히 넣고는 동상의 거시기를 잡고 흔들었다. 그러자 주위에 몰려있던 다른 신혼부부들이 키드득 키드득 거리며 웃었다.

달궁 씨와 해임 씨도 다른 커플들의 행동을 보고 한 번 해보기로 했다.

"해임 씨 우리도 한 번 해보자고."

"그런데 쑥스러워서……"

달궁 씨는 해임 씨의 손목을 잡고 동상 가까이로 갔다. 그리고 먼저 동전을 넣었다. 그리고는 해임 씨 얼굴을 보며 찡긋! 윙크를 하고는 남성 동상의 거대한 거시기를 손으로 움켜쥐었다. 그리고는 설명대로 동서남북 방향으로 거시기를 돌렸다.

"자, 동-서-남-북"

그러자 잠시 후 동상의 입에서 낭랑한 여자의 목소리가 들려왔다.

"분홍색 아이스크림입니다. 딸 잉태를 축하합니다."

"어허, 왜 하필이면 딸이야? 아들이어야지. 쯧쯧쯧……"

달궁 씨는 해임 씨에게 권했다.

"이번에는 자기가 해봐!"

"아이, 쑥스러워서……"

"아니 괜찮아, 내가 옆에 있잖아. 응? 해봐."

해임 씨는 못 이기는 척 오백 원짜리 동전을 동상 입 속에 넣고 우뚝 서있는 거시기를 살그머니 잡았다. 그러면서 얼굴이 빨개진다. 달궁 씨가 재촉했다.

"자, 이제 동서남북으로 돌려봐 천천히 −"

"응 알았어. 동 − 서 − 남 − 북 −"

"어허, 왜 아이스크림이 안 나오지?"

해임 씨는 다시 오백 원짜리 동전을 넣고 반복하여 동서남북으로 돌린다. 그러기를 서너 차례였지만 아이스크림은 나오질 않았다.

"아니, 이상하네. 왜 안 나올까?"

처음에 수줍어하던 해임 씨가 화가 났다. 오백 원짜리 동전을 대여섯 개나 삼키고도 아이스크림이 나오질 않으니 말이다.

"어휴 내 돈은 돈이 아닌가? 씨익 − 두고보자."

하면서 해임 씨는 동상의 거시기를 두 손으로 꼭 움켜쥐고

동서남북으로 마구 흔들며 비틀고 매달리는 게 아닌가?

"어마? 왜 안 나오지 이상하네?"

"글쎄, 왜 그럴까. 동전을 다시 한 번 넣어봐."

그러나 해임 씨의 동전은 그냥 삼켜지고 말았다. 평소 돈에 관해서는 지독한 수전노인 스무 세 살의 해임 씨가 그냥 넘어갈리 만무. 아무리 동전을 넣으며 작동시키려 해도 고장이 난건지 청년의 나신 동상은 묵묵무답이다.

"고장이 났나봐. 그만 해라 해임 씨, 사람들이 웃으며 쳐다보고 있잖아?"

"아냐, 내 돈이 어떤 돈인데 그냥 꿀꺽하고 마냔 말이야. 어휴, 속상해."

주변에 몰린 사람들은 저마다 입을 가리고 키드득 키드득 웃고 있었다. 그도 그럴 것이 젊은 여자가 사람들의 통행이 많은 호텔 로비에서 나신(裸身)의 남자 동상 하체에 우뚝 서 있는 거시기를 붙들고 있으니…… 좌중이 웃음일 수밖에 없었다.

처음에는 수줍어 접근조차 꺼리던 해임 씨가 이제는 긴 머리를 뒤로 젖힌 채 청년 나신의 동상 하체 중심부에 우뚝 선 거시기를 부둥켜 잡고 씨름을 벌이고 있는 것이다.

"무엇이, 저 젊은 여성을 화나게 만들었을까?"

"아마도 공짜로 투자된 돈이라는 재물에 애착을 느낀 것

일게야."

"아냐. 그 뭔가가 있어. 아들을 낳기 위한 어떤 주술적 행위일 수도 있어."

"아들이란 여자의 극성이 선행되어야 잉태된다는데……"

"여자들이라는 게 다 저 모양이니 원… 쯧쯧쯧-"

주위의 시선도 아랑곳하지 않고 그렇게 삼십여 분 실랑이를 벌이던 해임 씨. 잠시 후 청년 남자 동상의 입으로부터 굵직한 바리톤 음성이 나왔다.

"아이고 아파 죽겠네. 에라, 드런년아! 옜다 다 먹어라!"

"어허 나온다, 나와……!"

드디어 아이스크림이 주르륵 쏟아졌다. 그간 투입된 동전만큼의 커피색 아이스크림 대여섯 개가 나오긴 나오는데 전부 녹아서 나오는 것 아닌가?

"아뿔싸! 아이스크림이 녹아서 나오네?"

"어마, 왜 그럴까? 녹아서 나오네."

저쪽에 서 있던 어느 젊은 신혼부부 한 쌍이 겸연쩍게 웃으며 말한다.

"에이구, 얼마나 붙들고 흔들어 버렸으면 저렇게 주루룩 녹아서 나올까……!"

그러자 옆에 있던 남자 왈,

"누군지 몰라도 오늘밤 '사랑의 게임' 때 무척 힘들겠구나!"

하며 웃었다. 옆에 있던 다른 사람들도 덩달아 웃었다.

"허허 젊은 새댁이 대단하구먼."

"원 내 참, 돈도 좋지만 사람들 앞에서 거시기를 당당히 공격하다니……?"

"하하하… 호호호…"

창피한지 시원한지는 몰라도 해임 씨와 달궁 씨는 녹아서 나온 아이스크림 봉지를 잡고 고개를 들고는 흐르는 아이스크림을 입에 대고 정신없이 빠대고 있었다.

그것도 딸을 점지한다는 분홍색 아이스크림이 아니라 전부 커피색의 아이스크림이 아닌가?

"허허 ─ 저 신혼부부들 저러다가 아들 쌍둥이 복 터지겠네!"

아이스크림 먹기 행사를 진행하던 사람의 덕담이었다.

달궁 씨 커플이 예약한 장미룸 201호.

호텔 측에서 세기의 베이비 백 쌍을 위하여 배려한 덕분인지 옅은 핑크색의 커튼과 오렌지색의 조명, 흐느적거리는 듯 얕게 흐르는 룸 안의 잔잔한 음악. 그리고 산뜻한 질감의 침대 등이 그야말로 허니문 룸의 분위기를 한층 살려

주었다.

달콤했던 연애시절 어렵게 맺었던 결혼이니만큼 이들에게는 제주에서의 이날 밤이 더없이 행복한 시간이 아닐 수 없었다. 간단히 와인으로 목을 적신 이들은 서로 끌어안고 포옹을 했다.

"해임 씨, 사랑해."

"저도요. 달궁 씨만을 사랑할거에요!"

둘은 더욱 몸을 밀착한 채 힘껏 끌어안고 있었다. 달궁 씨가 귓가에 속삭이듯 조용히 말한다.

"정말 오늘밤 우리의 '사랑의 게임'이 좋아 아들을 낳을까?"

"호호호 생각할수록 우스워 죽겠네. 아까는 이 호텔에서 정신없이 그것만 잡고 흔들었는데……"

"아참, 지난번 자기 임신했을 때 세기의 베이비 타임을 맞추기 위하여 인공유산을 하였지."

"예, 맞아요. 그땐 정말 힘들었어요."

지난번 이들은 서로 너무 사랑한 나머지 임신이 된 적이 있었다. 그러나 둘은 합의하에 인공유산을 시키기로 했다. 조금 있으면 세기의 시작인 때가 다가오고 있었고 또 때마침 세계보건기구(WHO)에서 세계 각국 백 명의 세기의 베이비에게는 여권의 특전과 부모와 함께 세계여행을 하게 해준다는 발표가 있었기 때문이다.

이런저런 생각으로 잠이 얼마나 들었을까.

"안녕하십니까. 지난 밤 행복한 시간이 되셨을 줄 믿습니다. 축하드립니다. 여러분은 이제 2백 66일 후 만날 건강한 세기의 베이비를 잉태했습니다."

하며 청아하고 맑은 목소리의 호텔 모닝콜이 전달됐다. 달궁 씨와 해임 씨는 부스스 눈을 떴다. 둘은 밤새 이런저런 달콤한 얘기로 밤을 지새우다시피 하고 새벽녘에야 잠시 눈을 붙였었다.

"어허, 아침이다, 달궁 씨."

"하아, 피곤하다. 벌써 날이 샜구나. 해임 씨 저 창밖에 지나가는 배 좀 봐!"

"야호, 멋있다아— 저 에메랄드빛 하늘과 가볍게 나는 갈매기하고는 상쾌한 아침이구나……!"

호텔 창밖으로는 파아란 빛의 제주 바닷물이 넘실대며 흐르고 있고 거기엔 벌써 부지런한 고깃배 한 척이 풋풋한 삶의 그물을 드리우고 있었다.

그리고 그 선단 위로는 갈매기 떼가 그림처럼 날고 있었다.

다시 베들레헴 병원.

"김 기자님. 여기서 뭐 하세요?"

베들레헴 병원 휴게실에서 담배 한 대를 피우며 지난해 제주에서의 첫날밤 풍경 그림에 빠져있던 달궁 씨에게 회사 동료인 유진숙 기자가 다가와 어깨를 흔든다.

"아하. 잠시 제주에서의 신혼 꿈을 꾸고 있었어요. 그런데 웬일이세요?"

"웬일은요, 고추 쌍둥이 출산 축하와 제주 아이스크림 호텔에서의 1박 2일 무료 왕복 비행기 표예요. 지금 막 제주 아이스크림 호텔로부터 팩스가 들어왔어요."

"뭐예요……?"

"달궁 씨 다시 한 번 축하드려요."

달궁 씨는 환한 미소를 지으며 말했다.

"아…… 웨어 데어 이즈 어 웰, 데어 이즈 어 웨이!(뜻이 있는 곳에 길이 있다. 지성이면 감천이야!)"

"야오호야……!"

# 숟가락 레스토랑

비뇨기과 의사인 이달궁(李達宮) 원장
은 지난 주말 친구들과 서울 명동의 한 레스토랑을 찾았
다. 번듯한 빌딩 사이로 아담한 건물에 자리한 한 음식점
이 눈에 띄었다. 이름 또한 '숟가락 레스토랑' 이라는 명칭
이어서 특이해서 일부러 들어가 봤다.

그런데 테이블에 주문 받으러 온 웨이터가 윗도리 주머
니에 숟가락을 꽂고 다니는 것이었다. 이 원장은 이상하
다고 여겨 주위를 살펴봤다.

레스토랑안의 다른 웨이터들도 모두 윗도리 주머니에
숟가락을 하나씩 꽂고 다니고 있었다. 호기심에 웨이터가
지나갈 때 옆 사람이 붙잡고 물어봤다.

"왜 숟가락을 갖고 다니는 거죠?"

"네. 우리 레스토랑의 좀 더 능률적인 경영과 생산성 향상을 위해 경영자문 회사에 의뢰한 결과입니다. 몇 달간에 걸친 면밀한 관찰과 통계 분석에 따르면 손님들이 숟가락을 땅에 떨어뜨릴 확률은 포크를 떨어뜨릴 확률보다 73%가 높은 것으로 나타났습니다. 또 한 시간에 평균 3개의 숟가락을 떨어뜨리는 것으로 밝혀졌습니다. 따라서 이렇게 하면 종업원들이 숟가락을 가져오기 위해 주방으로 가는 시간을 절약 할 수 있어 하루에 한 사람당 1.5시간의 일거리를 단축하게 됩니다."

이 설명을 듣는 동안 바로 옆 테이블에서 숟가락이 떨어지는 금속성이 들렸다. 웨이터는 재빨리 주머니에 있던 숟가락을 꺼내 손님에게 대령하고는 이 원장에게 말했다.

"다음 주방에 가는 길에 숟가락을 하나 더 가져옵니다. 이렇게 하면 숟가락만을 가지러 주방에 가는 수고를 더는 셈이지요."

일행 모두는 입이 딱 벌어졌다. 웨이터가 주문을 받는 동안 또 다른 점이 눈에 띄었다. 웨이터마다 바지 지퍼 근처에 작은 끈이 늘어져 있었다. 아까 그 웨이터를 불러 물었다.

"그런데 바지 지퍼 옆에 끈은 또 뭡니까?"

"아, 이거 말입니까?"

웨이터는 목소리를 낮추고 말했다.

"손님의 관찰력은 대단하시네요. 아까 말씀드린 경영자문 회사에서 추천했지요. 이렇게 끈을… 거시기에 묶으면 손을 대지 않고 꺼낼 수 있으니 '꺼냄'으로 손 씻는 시간을 절약할 수 있고 종업원 1인당 화장실에서 보내는 시간의 67%까지 줄인다는 겁니다."

"대단하네요. 그런데 한 가지만 더… 반자동 즉, 꺼내는 데는 끈을 쓴다고 했는데 다시 '집어' 넣을 때는 어떻게 하지요?"

"글쎄요. 다른 웨이터들은 어떻게 하는지 모르지만 저는 이 숟가락으로 쓰옥 집어넣습니다."

"뭐에욧……?"

"허허……!"

# 詩仙昇天

**완연한** 봄볕이 드는 신록의 5월 어느
주말 오후.

신덕식(申德植) 작가는 미국 뉴욕에서 일시 귀국한 유진만
(柳進萬) 교수를 만나러 서울에 갔다. 늘 느끼는 일이지만
시골 샌님인 신덕식 작가는 서울에만 오면 머리가 아프다.

수많은 사람들의 분주한 발길과 차량. 미로 같은 지하철
안의 땅속 길은 그야말로 멀미가 스멀스멀 피어날 정도이
다. 머리를 도리질 치며 유 교수를 만나기로 한 종로에 들
어서자 차량과 인파는 더욱 붐볐다.

종로1가의 약속 다방에 들어서자 유 교수는 미리 와 있
었던지 함께 온 서울의 길사랑 시인과 함께 반갑게 인사
했다.

"어이. 신 작가 오랜만이군."

"으응. 미국에서 엊그제 왔다구. 반갑군 그래."

"어허- 길사랑 시인도 함께 왔군."

"그래 셋이서 이거 얼마만이냐?"

셋은 천천히 커피를 마시면서 그간의 근황부터 물었다.

"그래 미국 생활이 어떠냐?"

"그저 고국이 그리워서 미치겠어. 고국의 막걸리 생각도 나고 말야. 예전에 자네랑 잘 갔던 기생집도 생각이 나고 말이야."

"허허-이 친구 풍류는 여전하구만."

"좋다아. 오늘 기생집 한번 가보자. 모처럼 서울 삼총사가 만났으니 말이야."

"하하 이거 정말인가! 고맙네, 고마워. 나의 고국병인 노슬텔지어병을 치료해주니 말이야."

"그래 맞아, 우리 셋이서 서울에서 대학생활 할 때 자주 다니던 술집 거리로 갈까?"

"아냐, 오늘은 우리도 이제 중년이 되었으니 좀 운치 있고 멋있는 데로 가자구."

"그런 데가 어디에 있을까?"

길사랑 시인이 말한다.

"내가 미리 알아본 곳이 있어."

신 작가가 말한다.

"그래서 길사랑 시인이 아닌가. 하하하-!"

"맞아 하하하-"

"그래 우리 거기 가서 오랜만에 회포도 풀 겸 술 한잔 하자구."

셋은 차를 마시는둥 마는둥 하면서 북악산 중턱에 있는 상원각(上苑閣)이란 요정집으로 택시를 몰았다. 차를 타고 가면서 셋은 자연히 기생 얘기로 대화의 문을 열었다. 먼저 서울에서 사업을 하며 시를 쓰고 있는 길사랑 시인이 입을 열었다.

"좀 창피스런 얘기지만 지난 1970년대부터 외국, 특히 가까운 바다 현해탄 건너 일본에서는 우리나라를 기생관광의 별천지로 여기고 떼를 지어 몰려들고 있다구."

그러자 시골에서 올라온 신덕식 작가가 한마디 거든다.

"맞아 서울과 부산 등지에서 '기생파티' 다 뭐다 해서 우리 민족의 국제적 체면을 손상시키고 나아가서는 뜻 있는 여성들의 분노를 불러일으킨 일이 있단 말이야."

그러자 미국의 유 교수가 맞장구를 친다.

"고국을 다녀온 미국 뉴욕의 AP통신의 한 기자는 '오늘

날 한국의 기생들은 시대와 함께 변할 수 있는 능력을 갖춤으로써 기생의 현대적 부활을 일으키고 있다. 이는 일본의 유명한 게이샤들이 점점 인기가 쇠퇴하는 것과는 좋은 대조를 이루고 있다.'고 지적하면서 기생에 대해 대단한 관심을 표명했는데 그 당시 교포 사회에서 말이 많았지."

셋은 기생에 관한 이런저런 얘기를 하였다. 우리나라를 방문하는 외국 관광객들에게는 기생이 큰 흥미의 대상이었던 모양이다. 관광 요정이나 호텔의 연회에 노리갯감으로 참석하여 현대화된 몸짓으로 교태를 부리는 요즘의 기생들이 어찌 옛 전통과 품위까지 갖춘 기녀(妓女)의 전통적 기예(技藝)와 의기(意氣)를 알 것인가. 발 빠른 현란한 음악에 큼직한 엉덩이나 흔들어 대고 귀동냥으로 배운 일본 노래나 팝송을 부르다가, 초면의 손님이라도 돈만 준다면 호텔행을 서슴지 않는 유녀(遊女) 또는 요녀(妖女)라 불러야 할 것이다.

하긴 근래에도 최고급 요정에는 오직 기예만을 보여주는 기품 있는 기생이 약간은 있다고 한다. 이들 기생은 관광객의 옆자리에 앉아 살 냄새를 풍기며 음식 시중을 드는 접대부식 기생과는 달리 한국 고전 춤을 추고 창(唱)을 할 뿐, 결코 돈으로 유혹되는 대상이 아니라고 하니 우리의 드높은 기생의 긍지를 보여주고 있는 셈이다.

옛날의 전통적인 기생과는 모든 면에서 비교가 안 된다. 옛날 기생들은 용모도 용모려니와 선비와 대적할 수 있는 교양과 문장력을 갖추었으며, 갖가지 기예를 습득하고 멋과 풍류를 알았다. 비록 신분은 천했지만 권세에 굴복하는 일도 없었고 돈에 현혹되는 일도 없었다. 때로는 한량들과 정사를 나누기도 했지만 동물적 탐욕이 아닌 따뜻한 애정으로 자유의 날갯짓을 만끽했다. 몸값이 정해진 것도 아니었고 포주에 매인 몸도 아니었다. 기녀(妓女) 그들은 진정한 자유인이었고 아름다운 풍류녀(風流女), 바로 그런 '한 마리 작은 새'였노라고 셋은 헛기침을 해대며 말했다.

길사랑 시인이 말한다.

"그으럼 오늘 제대로 된 기생들을 소개할 테니 맘 놓고 술이나 실컷 먹어 보세나. 술은 내가 삼세!"

"그거 조오치."

"그런데 요즘 세상에 그런 기생이 있을까?"

길사랑 시인이 말한다.

"가보자구. 내 단골집이 있는데 주인장이 시인(詩人)이야. 그래서 주로 시문(詩文)과 창(唱)에 능한 애들과 함께 사는 서예사숙(書藝私淑) 같은 곳이야."

"오오 이 서울 땅에 그런 곳이 있어?"

"그으럼 이 곳은 대학교수나 예술가 같은 신지식층들이 가끔 오는 곳이야."

"허허허─ 기대가 되는데…… 이런 산중에 말이야."

얘기를 나누는 사이에 셋은 북한산 중턱의 유명한 요정 집 상원각(上苑閣)에 다다랐다. 이 분야에는 이미 도통한 길사랑 시인이 미리 전화로 예약한 탓에 깔끔하게 정리된 정원을 가로질러 아늑한 방에 자리를 잡았다.

잠시 후 한복을 곱게 차려입은 팔등신(八等身)의 미희(美姬)가 큰 상을 차려서 들어와 옆자리에 앉았다. 쪽진 머리를 틀어 올린 계란형 얼굴에 얼쑥색 저고리에 연분홍색 치마를 걸친 여인 하나 황진이. 그 옆으로 은색 저고리에 갈색 치마를 두른 여인, 색동저고리에 하늘색 치마를 입은 여인. 이런 미희들이 신덕식 작가, 유진만 교수, 길사랑 시인 사이사이로 하나씩 끼어 앉았다. 점잖은 중년 남자 셋과 한복을 고옵게 차려입은 어여쁜 여인 셋이 앉으니 방안이 금세 환하여 아름다운 배색(配色)으로 분위기를 압도한다. 진수성찬으로 차려진 교자상 위로 서로 인사를 하며 술잔이 오간다.

그러자 첫마디 신덕식 작가 일성을 한다.

"여하하— 이렇게 앉으니 구한말 일본인들이 자주 이용하던 명월관 같은 분위기이네그래."

"……!"

안면에 엷은 미소를 띠우고 있던 유 교수가 갑자기 옆에 앉은 여인의 손을 잡더니 소리를 친다.

"아아! 바로 이 여자다. 내가 그리도 꿈에 그리던 내 젊은 시절의 내 사랑 '황진이'가 바로 이 여인이렸다."

"허허, 이 친구 왜 그러나. 갑자기 미국에서 들어오니 미희들에게 정신이 갔군, 갔어."

술잔을 들던 유 교수의 영탄조 시 낭송이 실실이 풀어진다.

"오매불망 꿈에도 그리던 내 여인. 그 이름 황진이(黃眞伊)"

동짓달 기나긴 밤을/ 한 허리를 둘에 내어/ 춘풍(春風)
이불 아래 서리서리 넣었다가/ 설운 님 오시는 날 밤이어
든 (중략)


이 기회를 놓칠 길사랑 시인이던가? 한 잔 술에 홍조를
띤 그의 답시 한 수.


한 켜 한 켜 모아가는/ 정갈하고 아늑한 여심(女心)/ 너
무나 맛깔스럽다/ 곱게곱게 모은 시간들/ 사랑하는 임이

오신 날/ 밤 굽이굽이/ 소담스럽고 황홀할 것인가.

신덕식 작가가 한마디 거든다.

"맞아 맞아. 그리움의 정서를 이처럼 절절이 읊어낸 황진이 가슴을 생각하면 세월을 뛰어넘어 이 마음 주체할 길 없이 내 마음도 울렁거린다. 마음도 마음이려니와 우리말을 이토록 기가 막히게 잘 살려 쓴 시인이 또 어디 있을까. 그녀는 우리 문학사상 가장 뛰어난 시인의 한 사람이야. 과연 송도삼절(松都三絶)이란 말이야."

"오죽했으면 백호(白湖) 임제(林悌)는 평안도 감사 부임길에 황진이의 무덤을 찾아가 술 한 잔 부어 놓고 눈물을 흘리며 이렇게 안타까워했을까?"

다시 평소 감성 어린 유 교수의 시 낭송이 이어진다.

청초 우거진 골에 자는다 누웠는다/ 홍안을 어데 두고 백골만 묻혔는다/ 잔 잡아 권할 이 없으니 그를 슬퍼 하노라/

"아하, 야호 정말 멋진 시이다."

그러자 옆에서 술잔을 거들며 술을 들던 미희들도 좋다며 박수를 친다.

"호호호 – 이 분들 대단히 멋있는 선비들이시군요."

"호호호 – 맞아 맞아. 오늘 장땡(!?) 잡았다."

"자네들 황진이에 대해서 얼마나 알고 있나."

"……?"

"저희는 잘 몰라요. 선생님들……"

"아니야, 언니는 몇 수 하잖아."

"맞아, 너도 한때 시인이었잖니?"

"자, 그럼 우리 풍류 한번 해볼까요."

길사랑 시인이 이 분야에는 해박한 지식이 있는지라 점잖게 헛기침을 하고는 말을 잇는다.

"그럼, 에헴 – 황진이의 본명은 진(眞), 자(字)는 명월(明月), 별명은 진랑(眞娘)이야. 어릴 때 사서삼경(四書三經)을 읽고, 시(詩)와 그림은 물론 음악과 무용에 모두 뛰어났으며, 특히 용모가 출중하고 여성의 향취가 그윽하여 뭇 한량들의 가슴을 녹였다네그랴. 아무나 가까이 할 수 없는 별이었으며 활달하면서도 지조 있는 기생의 꽃이었지. 십년을 벽수도한 지족선사(知足禪師)를 파계시킨 에로티시즘의 여화신이었으니… 그의 사랑은 오직 하나 그의 스승 서경덕(徐敬德)이었으니. 뭇 사내들이 군침을 흘리는 대상이었으나 그녀 자신은 이룰 수 없는 사랑에 몸부림친 외로운 여인이기도 했었다네그랴."

"아아…… 호호호 선생님들. 대단허시구먼요. 호호호?"

다시 양념 삼아 그의 시 낭송 한마디.

　　떨어져 내일이야 그릴 줄을 모르더냐/ 이시라 하더면 가
　　랴마난 제 구태여/ 보내고 그리는 정은 나도 몰라 하노라.

"어허 이 친구들 술 먹다가 이거 눈물 나겠군. 야, 학습
진도 나가자 진도 나가자구."

자리에 함께한 이들은 밝은 대화를 나누며 술을 서로 주
고 받았다. 분위기가 조용하며 시적(詩的)이며 부드러워서
그런지 술잔도 자연스럽게 오간다. 여인들도 부담 없이 소
매를 걷으며 오이채에 문배주가 든 주전자를 가볍게 주고
받았다.

"맞아 떠나는 임의 소매 자락을 붙드는 것은 전통 한국
여인의 모습이 아니야. 우리의 여인네들은 가슴이 아리면
서도 속눈썹 내리 깔고 말없이 임을 보내지 않았나! 그리
고나서 외로움을 삭이며 그리워하고 한없이 기다리는 것,
이것이 우리나라 여인의 미학(美學)이 아닌가!"

"아까 유 교수가 낭송한 시는 어느 국문학자의 말마따나
가히 절창 중의 절창이야. 동서고금에 애인과의 이별을 노
래한 시는 수없이 많지만 이토록 안타깝게 사모의 정을 표

현한 시가 또 어디 있으랴."

길사랑 못지않게 유 교수도 이 분야에는 대단한 편력가이다. 술자리가 무르익어 가면서 분위기와 술맛에 익어가고 있었다. 이어지는 유 교수의 기생문화와 객담.

또 시재(詩才)와 멋을 지닌 기녀는 황진이 말고도 매창(梅窓), 소맥주(少伯舟), 홍장(紅粧), 한우(寒雨), 명옥(明玉), 문향(文香), 다복(多福), 송이(松伊), 계랑(桂娘), 구지(求之), 천금(千錦) 등 헤아리기가 어려울 정도이므로 아름다운 기녀는 수없이 많았지.

선조 때의 평양 기생 한우(寒雨)는 권세에도 재물에도 흔들리지 않는 기개 있는 명기였다는데…… 그 무렵 풍류재사로 일세에 이름을 떨치고 있던 임제(林悌)는 이 유명한 기생 한우를 꺾어 보기로 작정하고 어느 비 내리는 저녁 우장도 없이 한우의 집으로 찾아갔다. 온몸이 비에 흠뻑 젖어 몰골이 말이 아니었으나 그는 가슴을 딱 펴고 한우의 집 대문 안으로 뚜벅뚜벅 걸어 들어가 청량한 낯빛으로 낭랑하게 다음과 같이 시조 한 가락을 뽑았다는데…….

북천(北天)이 맑다 커늘 우장 없이 길을 나니
산에는 눈이 오고 들에는 찬비로다.
오늘은 찬비 맞았으니 얼어 잘까 하노라.

"허허 – 탁 – 타아악 –"

유 교수가 시를 읊조리면서 술상 모서리에 젓가락 장단을 맞추고 길사랑 시인이 허벅장단으로 분위기를 띄웠다. 그러자 한껏 분위기가 돋워졌다. 그리고 또 누에의 명주실처럼 부드럽게 이어지는 말장단에 동석한 여인네들 입이 쩌억 하고 벌어지더라!

"아휴, 저 가녀린 시조창 소리 –"

"호호호 – 텔레비전에서나 들어봄 직한 솜씨군요. 호호호 –"

"허험 – 흠 –"

하고 이어지는 기생타령. 한우도 황진이의 무덤에 술을 부어 놓고 시조를 읊었던 일이 조정에서 말썽을 빚자 분연히 벼슬을 내던진 풍류객 임제의 소문을 듣고 있던 터이라 은연중 그의 풍모를 흠모하고 있었다고. 그러던 차에 바람처럼 나타난 그가 중의법(重意法)을 써서 한 가락 멋지게 휘어치니 어찌 응답이 능청 휘어지지 않으랴.

> 어이 얼어 자리 무삼 일로 얼어 자리
> 원앙침 비취금을 어이 두고 얼어 자리
> 오늘은 찬비 맞았으니 녹아 잘까 하노라.

147

한우(寒雨)는 찬비이지. '얼다'는 '교합(交合)하다'는 뜻의 옛말이로고. 이쯤되면 풍류남(風流男)과 미녀기(美女妓)의 그날 밤 풍경이 어떠했으리라 짐작하기는 과히 어렵지 않으렷다.

"오호라 통제라!"

"그 찬란한 운우지정(雲雨之情)이여!"

다시 술잔을 기울인 그는 말을 잇는다. 이처럼 이름난 기녀들은 권세나 보화로써가 아니라 풍류로써 함락하는 수밖에 없었다. 그만큼 그녀들은 기개가 높고 절개도 있었던 것이다.

그런가 하면 이들 기생 중에는 논개(論介), 계월향(桂月香), 홍랑(洪娘), 춘절(春節), 김섬(金蟾), 애향(愛香), 연홍(蓮紅)처럼 나라를 위해 자기 몸을 희생한 애국적이며 의로운 기생도 있었지.

평양 기생 계월향은 임진왜란 당시 고니시(小西行長) 휘하의 부장에게 사로잡힌 몸이 되어 수청을 들게 되었지만, 계교를 꾸며 순안조방장(順安助防將) 김응서(金應瑞)를 일본군 진지로 불러들여 왜군 부장의 목을 베고는 탈출케 하였다네. 그런 다음 그녀 자신은 왜놈의 씨를 잉태한 자기 배에 단검을 꽂고 자결했다지. 또한 너무나 유명해서 모르는 이가 없지만 논개는 진주성이 함락되자 전승 축하연에 참석하여 일본 장수 게야무라 로쿠스케(毛谷村六助)를 껴안고 남강에 몸을 던져 순절하였음메. 진주의 순의비(殉義碑)가 서 있으며, 시인 변영로(卞榮魯)는 그녀의 영전에 이렇게 시(詩) 한 수를 바쳤지. 이때 옆에 있던 황진이를 닮았다던 미모의 여인이 한 수 거든다.

"그 시, 제가 읊조릴까요?!"

"조오치. 한 번 해보세요. 격조 있고 가녀리게 말이오."

　　거룩한 분노는
　　종교보다도 깊고
　　사랑보다도 강하다.
　　아, 강남콩보다 더 푸른
　　그 물결 위에
　　양귀비꽃보다 더 붉은
　　그 마음 흘러라.

"짝짝짝 잘한다아ー잘해ー!"

길사랑 시인이 또 그의 걸출한 입담으로 말을 한다. 이인로(李仁老)의 보한집(補閑集)에는 이런 이야기가 있다고. 어떤 고을 태수가 사랑하는 기생을 두고 다른 지방으로 전근을 가게 되었다. 이별의 술잔을 주고받던 날 밤 태수는 술에 취하였는지라.

"어허─ 요렇게 이쁜 나의 애인이 내가 떠나고 나면 다른 놈 품에 안기겠지. 그럴 수 없어. 그건 안 돼!"

하면서 달궈진 인두로 어여쁜 기생의 얼굴을 지지고 말았다. 후에 시인 정습명이 이 기생의 흉한 얼굴을 보고 불쌍히 여겨 시를 하나 써주었지.

> 많고 많은 꽃 중에 가장 예쁜 꽃 한 송이
> 미친 바람 홀연 불어 고운 꽃잎 찢었네.
> 아름다운 저 얼굴 어이할거나
> 볼수록 저며오는 안타까움 그리움.

옆에 앉은 여인네들이 말을 뱉는다.

"어휴 얼마나 아팠을까?"

"글쎄 말이야. 나아쁜─노오옴─"

"하하하─ 자 더 들어보라구."

그 후 이 소문을 듣고 시를 보러 오는 사람이 꼬리를 물게 되고, 기생의 애처로운 모습을 본 내방객들은 성의껏 돈을 놓고 갔지. 이리하여 이 기생을 굶기지 않고 짐승처럼 '흑양 한다고도 했어 또 방기(房妓)라 하여 사대부집에서는 전속 기생을 두기도 하였음메.

일제시대 어느 친일파 인사가 거금을 주고 당시 이름난 요정인 명월관(明月館)의 진주 기생 산홍(山紅)을 소실로 삼으려 하였지. 이때 산홍은 이 돈을 홱 뿌리치며 날카롭게 꾸짖었어.

"기생에게 줄 돈이 있으면 나라 위해 피 흘리는 젊은이에게 주라!"

그 의기가 참으로 놀라웠지. 그리고 기생은 성(姓)이 무시되고 이름만 불렸어. 설매, 계월향, 솔이, 매창, 자동선, 한우 등등 이름있는 기생들의 성씨도 전혀 알 수가 없었지.

'고려가요 전승자인 고려기생 못지않게 조선조 기생 중에도 시조한시 작가로서 국문학사에 큰 발자취를 남기고 간 사람이 적지 않았어. 특히 그 중에서도 송도(松都), 황진이(黃眞伊)와 전북 부안의 이매창(李梅窓)은 오늘날 시비가 세워질 정도로 뛰어난 여류시인들이었지. 더욱이 황진이는 명창에 미모까지 갖춰 스스로 송도삼절(松都三絶)의 하나라 자부하고 있었지.

"그으럼 이 가운데 과연 옛 기생다운 기생이 있을까. 있으면 한 번 손 들어봐."

"……"

"저요!"

황진이를 닮았으며 제법 시를 하는 여인이 나선다.


　　옛절은 말이 없이 어구 옆에 쓸쓸하고/ 저녁해 고목에
비치어 더욱 서럽구나/ 태평세월 스러지고 스님 꿈만 남았
는데/ 영화롭던 그 시절이 탑 머리에 부서졌네/ 누런 봉황
새는 어디 가고 참새들만 오락가락/ 진달래 핀 성터에는
소와 양이 풀을 먹네/ 송악산 영화롭던 옛모습 생각하니/
봄이 온들 소슬할 줄 그 누가 알았으랴!//

　　　　　　　　　　　　　　　　　　— 만월대를 생각하며


"오호호 – 짝짝짝 –"

"맞아, 그대 정도이면 황진이를 능가 허겠구먼."

"그으럼 이따가 둘이서 끌어안고 한강에 뛰어들든지, 하
늘로 치솟든지 하라구!"

"하하하 – 호호호 그렇게 해요."

"짝짝짝 – 짝짝짝 –"

"자아 술이나 함께 들음메!!"

"건배, 브라보, 원더풀…"

"인생은 짧다, 그러나 술잔을 비울 시간은 아직 충분하다."

"술은 우리에게 자유를 주고, 사랑은 자유를 빼앗아 가
버리고, 술은 우리를 왕자로 만들고, 사랑은 우리를 거지

로 만든다."

"호호호 – 멋있는 풍류객들이시어!"

"하하하 – 미모의 여인네와 풍류객이라……!"

"허허허 – 술맛 나는군그래, 자 마시자구."

일동은 유창한 시조창과 함께 덕담 건배를 외치며 술잔을 높이 들었다.

신덕식 작가, 유진만 교수, 길사랑 시인 셋은 그날밤 작취미성(昨醉未醒) 전지도지(顚之倒之)한 상태로 각자 미희 한 사람씩 옆에 끼고 북한산 정상에 올랐다. 그리고는 여섯이서 이렇게 외쳤다.

"山은 옛山이로되 물은 옛물 아니로다/ 주야에 흐르니 옛물이 있을쏘냐/ 人傑도 물과 같아/ 가고 아니 오노매라"

다음날 북한산 아래에 있는 일간지 신문 1면에 대서특필된 기사 한 토막.

(화제와 화제)
"詩仙 여섯 사람 밤 하늘에 떠 올라. 하늘로 昇天하다."

# 씨 세 알

하늘나라 농자도(農者道) 천하지군(天
下之郡) 지도면(之道面) 대도리(大道里)에 씨 세 알 농부가정
이 유구한 오천 년의 역사를 자랑하며 조상 대대로 농사만
을 짓고 살았겄다.

사시사철 이 씨 세 알 농부 가정은 현재 농(農) 씨 족보
항렬 3대가 살아오고 있으니. 할아버지는 농자 성씨에서
이름이 씨 이어서 '농 씨 할아범'이고, 아버지 역시 농자
성씨에서 이어온 이름 '농 세 아범'이며, 아들도 농자 성
씨에서 따온 이름 '농 알 세손'이다.

이들의 '농자가정'은 어느 날 백두대간에서 한라대간에
이르는 천왕봉 바윗돌에 앉아 농사율법에 대하여 강론이
시작되었다. 늘 하시는 말씀. 농 씨 할아범 말마따나

"밭에다 씨를 뿌릴 때는 무작정 팔을 휘─휘─저어 뿌리는 게 아니여! 일정한 간격을 두고 말이다. 밭이랑 사이를 조심스럽게 넘나들며 씨를 뿌리는 것이여. 항상 그 양을 세 배씩 뿌리는 것이란다."

그러나 철 없는 농 알 세손이 묻는다.

"왜 그 귀한 종자씨를 세 배씩이나 뿌리는 것이지요?"

대답은 농 세 아범이 말하여 준다.

"그건 말이다, 이렇단다. 알아, 내 말 자알 들거라. 첫째로 논두렁이나 밭두렁골의 어떤 정해진 공간에만 씨를 뿌리는 것이 아니란다. 주변 땅 여기저기에 씨를 뿌리는 이유를 보면 노는 땅을 최대한 활용한다는 것이고, 둘째는 비가 오거나 둑이 무너져 씻겨 내려가는 일이 있어도 살아남은 나머지를 수확한다는 농심의 깊은 의미를 알것냐, 알아?"

"예에, 그렇구만요."

옆에서 긴 수염을 만지작거리던 농 씨 할아범 한마디 거든다.

"농 세 아범아, 그리고 농 알 세손아 내 말을 들거라!"

그러자 농 세 아범과 농 알 세손이 무릎을 꿇으며 대답한다.

"예, 할아범."

농 씨 할아범의 하늘나라 농자천하지대본(農者天下之 大本)의 강론(講論).

"우리 조상의 얼인 농자 씨 세 알, 씨 뿌리는 법이 이렇단다. 이렇게 뿌리는 씨 한 알은 날짐승이 먹어야 허고, 또한 알은 길짐승이 먹으야혀, 그리고 남은 한 알은 말이다. 우리 농자가 먹어야 허니께 씨 세 알 이여."

"예에, 그렇고만요……."

이어지는 농 씨 할아범의 이야기.

"우리 조상의 얼인 농자 씨 세 알 법은 말이다. 아무리 말을 못하는 미물이라 할지라도 먹을 것이 없으면 생명이 끊겨 굶어죽는 법이여. 자연과 인간이 하나가 되어 나누어 주는 삶. 그것이 땅의 생명이요 인간사 정을 나누며 사는 삶의 지혜이며 여유인 것이여. 농사일은 1년 내내 사실 눈 코 뜰 새 없이 바쁜 법이여."

어느새 농 씨 할아범의 구성진 농자타령이 긴 수염가락의 입술 사이로 정한(情恨)스럽게 새어 나온다.

여보소 농부들 내말 듣소
여보 농부야 내 말들어
우리 농부가 해야할 일

농사뿐이 아니더냐
이 농사를 얼른 지어
가을 추수를 하여설랑
알 세손이 다니는 서당의 월사금 주어야 겠소.

"이 농요는 농부가 농사를 얼른 지어서 딴 것은 뒤로 미루더라도 알 세손의 서당 월사금은 주어야겠다는 할아범의 마음, 땅을 팔고, 소를 팔아서라도 사람답고 농자세손답게 공부를 시켜야 되겠다는 농자 부모의 한결같은 아름다운 마음이 그 안에 있단다. 자식이 그 마음을 알지 못한다해도 그런 것을 나무라지는 않는단다. 농사를 짓는 부모의 마음은 순진무구의 한결같은 투박한 그 땅 자체인 것이기 때문이여 알겠냐 얘들아."

농 세 아범이 말을 받는다.

"그래서 우리네 농부들은 넓은 땅을 바라보고 살아서인가. 농사꾼의 마음은 한없이 넓고 깊어서 감히 우리가 가늠조차 할 수가 없는 것 같아요. 그래서 요번 날 여름철 주루룩 주루룩 내리는 비를 보고 우리네는 한없이 평화로웠지요."

"그려, 비가 더 와야 논에 윗 논에 물이 찰텐디 말이다."
하며 농 씨 할아범은 천천히 담배를 피워 물었다. 지난해 겨울철 장독을 하얗게 덮는 눈을 보고도 이들은 걱정이 없었다. 이를 보고 농 씨 할아범 왈.

"겨울엔 눈이 많이 와야 올해 풍년이 드는 벱이여."

농 씨 세 아범이 말한다.

"그런디, 저 아랫뜸 사람들은 그렇지가 못헌게벼요. 비가 조금만 와도 집안에 물이 찬다. 둑방이 터진다. 난리법석을 피우는 것이 말여요. 또 겨울철 눈이 손톱만큼만 와도 신작로에서 우마차가 충돌하여 사람들이 덮치고 난리를 피우니 말여요."

농 씨 할아범이 말한다.

"이제는 사람들이 우리 농부네들의 마음을 따라야 할 것이여. 뭇 사람들은 우리네 농사꾼이 왜 씨를 세 배씩 뿌리는 것인가를 깊이 깨달아야 헐 것이다. 가득 차 있는 욕심을 다 버리고 서로를 이해하고 서로 공존하는 삶을 살아 더불어 잘 살 수 있는 길을 모색해야 헐 것인디…… 쯧 쯧 쯧 그러나 지금의 세상은 그렇지가 못허니 말이다."

세상을 사는 사람들도 이제는 농사꾼의 마음을 닮아서 세상을 살면서 양보하고 이해하고 서로 돕는 아름다운 마음을 키워나가야 할 것이라며 농 씨 할아범이 허벅장단을 치며 말한다.

"얘야, 세 아범아. 이번에는 네가 한 자락 메기어 보아라."

"예, 그렇게 하지요."

여보소 농부들 내 말 듣소
우리 농군 하시는 일
모두가 소원 성취하여
당상부모는 천년수요
슬하 자손은 만세영이라
사람이 살며는 얼마나 사는가
정성을 다해 살아보세

노랫가락이 다 끝나기를 기다린 농 씨 할아범이 작금의 세상을 향하여 내뱉는 회초리 한마디.

"사람덜은 왜? 노력은 안 허고 씨는 한 알만 달라고 허는 기여? 지 목숨만 제일인감? 고얀 사람들 같으니라고…… 쳇"

"씨 세 알은 날짐승도 먹고, 길짐승도 먹고, 또 우리 인간도 먹어야 허기 때문에 농부들의 깡마른 손은 늘 여유가 있단다. 고생이 되더라도 농자들은 풍성헌 벱이여. 이 안에는 대자연의 위대한 호흡이 있고, 아름다운 이웃 사랑이 있으며, 건실하게 사람답게 사는 윤리와 도덕이 존재하고 있기 때문이여……."

"자, 인저는 세 알 세손 네가 한 자락 뽑아보그라."

농 씨 가문 막둥이 주제에 어느 명이라고 마다하랴?

"아, 예 말씀대로 지가 한 자락 뽑지요."

아— 아아 하아아
위에— 어어— 어어허— 여
달아 달아 밝은 달아
이태백이 놀던 달아
아에— 아아니 에 하아아
위에— 어어— 어어허— 여

농 씨 세 알 아멈이 헛기침 하며 거든다.

"어허 이 노옴 봐라. 제법이네."

그러면서 맞장단을 치며 한마디.

딸아 딸아 막내 딸아
네 손 좀 만져보게
너 좀 이만큼 오너라
아에— 아아이 에 하아아
위에— 어어— 어어허— 여

농 씨 할아범 흥이 난 건지 상황봉 바윗돌에서 벌떡 일
어나 하늘을 향하여 호쾌하게 한마디 한다.

말 없는 청산이요
때 없는 유수로다
값 없는 청풍이요
임자 없는 명월이요
이 몸이 병 없이 자라나게

우리 엄니 잘 키워 놓았네
아에 – 아아이 에 하아아
위에 – 어어 – 어어허 – 여
웃지마라 웃지마소
백발보고서 웃지를 말어라
나도 엊그제께 까지는 청춘이더니
지금 와서는 백발이 당도했구나


농 씨 할아범이 노래가 끝나 긴 호흡 내쉬며 말한다.

"이 소리는 말이다. 김을 맬 때 하는 소리인디. 우리네
선조 농자들 여러 명이 논밭에서 함께 소리를 허는디. 중
간 중간에 장고로 장단을 치면서 길게 소리를 빼며 허리를
폈다는 것이다. 알겄냐?"

"예, 씨 할아범."

농 씨 할아범의 일장연설.

"농사는 불당의 염불소리 같이 농사를 지어야 혀. 불공
을 들이듯 정성스럽게 지어야 한다는 뜻이여. 산사에서 스

님이 염불을 헐 때 정성으로 다 허야 풍년이 들 듯 말이다. 못된 중처럼 잿밥에만 눈독을 들이믄 풍년이 안 들어. 그려서 농투산이는 아무나 허는 것이 아니여. 논의 모 포기를 심더라도 하나하나 불공을 드리는 마음으로 심어야 되는 뱁이여."

농 씨 할어범의 말은 농사도 구도자의 마음으로 해야 한다는 얘기. 구도자의 마음이 없이 농사를 지으면 땅이 먼저 알고 있다는 것. 구도자의 마음으로 해야 할 일이 어찌 농사일 뿐일까마는…….

하늘나라 농자도(農者道) 천하지군(天下之郡) 지도면(之道面) 대도리(大道里)에 씨 세 알 가정의 행복한 유구한 오천 년의 역사를 자랑하며 조상대대로 농사만을 짓고 살아가고 있었겠다.

# 행운의 씨 없는 수박

어둠이 조금씩 내리는 초저녁.

영진은 동창회 모임에 참석하기 위해서 약속 장소에 나갔다. 오랜만에 만나는 동창생들이라 반갑기는 했으나 시간이 지날수록 분위기가 묘한 방향으로 흐르고 있었다.

동창생 중에 반장을 했던 최병무는 공무원인데 과장으로 승진했다. 공부를 못하던 김용엽이는 청계천 상가에서 기계 공구 사업을 하는데 큰 돈을 벌었다. 유난히 말썽을 부리던 서정대는 부동산 투기로 수십 억의 돈을 벌었다, 하는 얘기로 일관되고 있었다.

돈, 명예, 권위 일색으로, 출세한 동창생이 추앙을 받게 되면서 동창회 분위기는 자연히 그들의 자랑과 기고만장에 이끌려 가고 있었다. 그러다가 한쪽에서 술만 홀짝홀짝 마시고 있는 영진에게 일동의 시선이 쏠렸다.

"어이, 소설가 친구 뭐 그리 혼자서 술만 마시나?"

"음, 뭐 그저……."

"요즈음은 살만 한가. 지금도 미아리 셋방에서 그대로 살고 있지?"

"……"

"소설가 친구 갑자기 벙어리가 되었나?"

참고 있던 역겨움이 기어 나올 것 같아 영진은 슬그머니 화장실을 가는 척하고 동창회 좌석을 빠져 나왔다. 술잔 부딪치는 소리와 경제동물들의 속물근성이 판을 치는 그들을 뒤로 하고 영진은 음식점 골목길을 빠져 나왔다.

"에이, 더러운 자식들 퉤."

골목길을 벗어나 도로에 막 들어서자 저만치 순댓국집 간판이 보인다. 영진은 기분도 틀린 터라 부족한 주량을 채우고자 순댓국집 문을 열고 들어갔다. 순댓국집 안에는 뚱뚱한 주인아줌마와 몇몇 사람들이 얘기를 하며 술을 마시고 있었다.

"아줌마, 여기 막걸리 한 병, 순대 한 접시만 주세요."

"예, 혼자세요 손님?"

"예."

잠시 후 막걸리와 순대가 나왔다. 자작하며 영진은 술잔을 비웠다. 어쩐지 동창회 모임에 나가기가 싫었으나 그간 써 왔던 소설도 다 되어가고, 바람도 쐬고, 그리운 얼굴들도 보려고 나갔으나 돌아가는 분위기에 기분이 잡쳤다.

영진은 술잔을 비우면서 요즘 임신으로 입덧을 하는 아내 생각이 났다. 여섯 살, 세 살 먹은 딸애가 있음에도 불구하고 이번에 또, 무엇이 잘못되어 임신이 되었다는 것이다. 이번엔 비의도적인, 순전히 피임에 익숙하지 못한 영진의 탓이었다.

"당신은 어떻게 피임 하나도 제대로 못해요."

아내가 질책을 가끔 할 때마다 영진은 궁색한 변명이 있었다.

"내가 잘못했나, 뭐. 그 놈의 고무풍선이 구멍이 나서 그랬지."

영진이나 그의 아내나 새 생명에 관한 도덕적 무장이 잘되었음에 남들처럼 중절수술도 쉽게 할 수 없는 처지였다. 아내의 가내 부업 수입과 영진의 소설 나부랭이 대가의 원고료 수입으로, 앞으로 네 식구가 살아가자니 실로 난감한 일이었다.

그래서 영진은 얼마 전부터, 가족계획을 해야겠다고 생

각했다. 왜냐하면 지금 아내의 배 안에 있는 애가 만약 딸로 태어날 경우, 영진이나 아내나 혹시 아들에 대한 미련으로, 또 임신을 본의든 타의든 원할지도 모른다는 모험의 발상을 사전에 막자는 것이 영진의 생각이었다. 그래서 어느 날 갑자기 아내 몰래 정관시술을 해 버리려고 마음을 먹고 있었다.

초여름의 싱그러운 바람이 산야의 신록을 싣고 와 이 도시에도 분명 계절이 바뀌고 있었다. 영진은 까칠한 수염을 매만지며 밖으로 나와 세수를 했다. 지난 겨울부터 쓰기 시작했던 중편 소설 '新 라이따이한'을 비로소 오늘 새벽에야 탈고를 했던 것이다. 긴긴 겨울밤과 고통의 봄날을 감내하며 천만 원 고료 현상공모 중편소설에 전신을 기울였었다. 당선이 되면 우선 월셋방을 면해야겠다고 생각을 했다.

직업적인 문학적 집착도 있었지만 궁핍한 가난의 굴레를 벗어나려고 필사적으로 대들었었다.

영진은 아침을 먹고서 두툼한 원고지를 싸들고 우체국으로 갔다. 잡지사에 소포를 붙이고, 오는 길에 서울외과에 들러 정관시술을 했다. 담당 의사가 한마디 거든다.

"잘 생각하셨습니다. 가족계획은 본디 임신 중에 하는

게 현명한 지식인의 태도이지요."

"아, 예. 그렇군요."

불과 십여 분 만에 시술은 간단히 끝이 났다. 병원을 걸어 나오는데 종전처럼 자유스럽지가 못했다. 아이들처럼 아장아장 걸었다. 집으로 걸어오면서 집 앞 과일가게에 눈이 멎었다. 벌써 파아란 수박과 노오란 참외가 먹음직스럽게 쌓여 있었다. 문득 어렸을 적 시골 고향에서 수박서리를 하던 생각이 들었다. 친구들과 수박서리를 할 때면 가급적 씨 있는 수박밭보다, 방죽 건너에 있는 씨 없는 수박밭 쑥국 할아범네에서 늦은 밤에 서리를 자주 했었다. 왜냐하면 씨 있는 씨받이 수박을 서리해서 밤에 먹으려면 입안에서 씨를 발라내면서 먹느라고 속도가 느리고 귀찮았다. 그러나 씨 없는 수박은 그저 입만 갖다대면 사르르 녹고 씨 때문에 먹기 귀찮은 일도 없어서 서리대상으로 인기가 좋아 쑥국 할아범네 수박밭은 늘 수난을 당했다. 또 묘하게도 쑥국네는 아들이 없고 딸만 내리 여섯인 딸부잣집이었다.

영진은 내친김에 씨 없는 수박이나 사다가 가족과 먹어야겠다 생각하고 하나 샀다. 영진은 수박을 들고 아장아장 걸어서 대문을 들어섰다. 그러자 우물가에서 일을 하고 있던 아내가 묻는다.

"아니, 웬 수박이우? 그리고 당신 걸음걸이가 왜 그러우, 어디 아파요?"

"응, 나 오늘 병원에서 정관시술을 해 버렸네."

"뭐, 뭐에요?"

"그리고 이것은 씨 없는 수박이야. 맛이 있고, 먹기가 조오치!"

의아해 하던 아내가 갑자기, 입을 손으로 막으며 까르르 웃는다.

"호호호, 호호호."

"아니, 왜 그래?"

"호호호, 여보 씨 없는 남자가 씨 없는 수박을 다 사와요. 글쎄……."

영진은 순간 얼굴이 빨개졌다.

"음 그러고 보니까 그렇네. 하하하 하하하."

그 후 영진은 의사의 주의 사항대로 며칠을 방에 누워 쉬었다. 소설 원고 탈고도 했겠다, 직장을 쉬면서 잘 되었다 싶어 낮잠을 잤다.

스르르 잠이 들어 꿈을 꾸었다. 아내가 하얀 옷을 입고 병원 침대에 누워 산고(産苦)를 시작했다. 이마에는 구슬

같은 땀방울이 비 오듯 쏟아지고 고통의 소리가 규칙적으로 들려왔다. 영진은 대기실 옆방에서 불안과 초조, 안쓰러움으로 발을 동동 굴렀다. 그렇게 긴장된 시간이 얼마나 지났을까, 흰 가운을 입은 간호사가 들어왔다.

"축하합니다. 고추입니다."

"예? 고맙습니다."

영진은 입을 벌리고 크게 웃었다. 자신도 모르게 나오는 웃음이었다. 누가 옆에서 흔드는 기척에 눈을 떴다.

"여보, 여보, 꿈꾸세요?"

"음, 음 그랬군."

그러자 아내는 전보를 꺼내면서 영진에게 준다.

"당신 소설이 당선되었대요!"

영진은 눈을 크게 뜨면서 벌떡 일어났다.

"뭐, 뭐야!"

"여보 천만 원이 우리 것이에요……!"

# 에에라, 드으런 년놈들아!

　　　　　달짱은 친구들과 만나기로 한 약속 장소를 가면서 생각을 했다. 오랜만인 그들을 얼른 보고 싶다는 생각에 발걸음이 빨라졌다.

　어려서부터 같이 자란 고향 친구들이지만 서로 직업과 사는 곳이 달라 자주 만나기란 여간 쉬운 일이 아니다. 그러나 격조했다 하여 그간 쌓아온 우정이 엷어지거나 변하는, 그런 옷깃이나 스친 우정은 아니다. 그렇지만 만나는 기간이 너무 멀다보니 서로 어색해지는 것은, 역시 각기 다른 환경에 젖어 살다보니 자신도 모르게 바쁜 삶에 의해 그렇게 되는가 싶었다.

　그리하여 오늘은 늘 우리들의 대부격인 대전의 성지 녀석의 주선으로 친구들 여섯 명이 계룡산에서 만나 술이나 한 잔 하자고 했다. 달짱은 들뜬 마음으로 아내의 눈치를 보며 대전을 갔다. 터미널에서 내려 동학사행 버스를 탔다.

약속한 장소에 가보니 달짱이 제일 늦었다. 녀석들은 미리 도착해 계룡산 물로 빚은 동동주와 심산유곡 도토리로 담은 도토리묵으로 술을 마시며 한가로이 토요일 오후를 즐기고 있었다. 오랜만에 만난 개구쟁이 녀석들을 보니 그지없이 반갑고 흥겨웠다. 술이라면 마다하지 않을 내로라하는 촌뜨기 술꾼들이다. 모처럼 반가운 우정의 회포를, 조금은 신 듯하고 컬컬한 동동주를 큰 잔에 부어 마냥 돌렸다.

가자마자 화제는 당연히 고향 근처를 맴돌고 있었다. 과수원집 순자는 재벌에게 시집을 가서 운수대통 했다더라. 방앗간집 영희는 시집 가 다른 남자와 가출했다느니, 방주먹 정자나무집 명식이는 미국 유학 갔다더라, 위뜸 대나무집 큰아들은 영농후계자금 받아 망해 빚만 졌다 하더라는 등 고향 근처를 맴도는 화제로 자연히 술판은 고루하게 익어 간다.

그렇게 시간이 지나고 얼마를 마셨을까, 주위엔 어둠이 내려앉고 옆으로 흐르던 계룡산 계곡의 물소리가 제법 밤공기를 가르며 가슴 시리게 흘러 들어왔다. 누군가 취중 제안으로 이제 좀 추우니 어디 호젓한 방안으로 옮겨 색시

궁둥이나 만지며 술을 먹잔다. 일동은 제법 술에 익어 불그스레한 얼굴로 모두들 오케이란다.

일동은 가까운 음식점으로 자리를 옮겼다. 이런 계통에 이력이 붙은 친구 하나가 적당히 주인과 타협(색시와 합석하여 즐길 수 있도록) 하였다. 휘황찬란한 외양의 간판처럼, 내실로 들어가니 넓직하고 조용한 방이 있었다. 남자 일곱 명과 화장을 짙게한 미색(美色)이 확연한 여인 세 명이 합석했다. 아까처럼 남자들만의 주석보다 훨씬 빛이 나고 활기가 넘쳐 보였다.

서로 술잔을 부딪치며 노래를 하며 즐겁게 시간을 낳고 있었다. 색시 옆에 앉은 끼 있는 녀석들은 벌써 색시의 보배 같은 전국 지도를 손으로 몸소 그리느라고 힐끗힐끗 주위를 보며 낄낄댄다. 백두산 봉우리도 주물러 보고, 인천 앞바다 같은 가늘한 리아스식 해안가도 만져보고, 진도의 넓직한 섬도 두들겨 보는 재미에 빠져 정신이 없다.

그렇게 한참 놀다보니 대중가요 십팔번도 동이 나고 주석의 재미가 없어지고 맥이 풀렸다. 그러자 박 양이라고 밝힌 여인 하나가 제안을 한다.

"무슨 젊은 사람들이 이렇게 재미가 없어요. 내가 신나는 게임을 가르켜 줄테니 따라 해요."

"아, 조오치 그렇게 합시다."

그녀의 게임은 이러했다. 일동 모두에게 재미있는 별명 하나씩 붙여 별명 맞추기를 하는데, 자기 별명이 호명되면 자기를 제외한 다른 사람의 별명을 부르는 것이다. 즉시 말 못하고 머뭇거리면 벌칙으로 일금 만원씩을 내놓기로 했다. 그러더니 박 양이란 여인은 거침없이 듣기조차 민망한 별명을 하나씩 붙여준다.

"자, 나는 계룡산 바위 ○○에요, 이쪽은 말 ○○, 저쪽은 개 ○○, 백 ○○, 자라 ○, 방망이 ○, 소 ○○, 코끼리 불알, 긴자꾸 ○○……자, 알았지요, 자기 별명 잊지 말고 시작해요, 호호호, 호호호."

"뭐?"

"하하하!"

"허허 참 내."

"별난 게임 다 보네."

일동은 한바탕 웃고 주석의 열기를 되찾은 듯 자신에게 주어진 별명을 뇌까리며 각자 준비를 했다. 신나는 게임을 제안한 박 양이란 여인의 선창 아래 모두 와자지껄 웃으며 게임을 시작했다. 아무리 취했다지만 하나씩 주어진 해괴한 별명을 손뼉 치며 호명을 하자니 좌석은 열기와 웃음으로 배꼽을 잡았다.

   그렇게 약 30분을 신나게 왁자지껄 놀았을까. 갑자기 내
실 창문이 활짝 열렸다. 그리고는 좌르르 – 하고 술상과 사
람들 머리, 어깨께로 흰 구정물이 쏟아져 내려왔다. 음식
물 찌꺼기에 시래기 찌꺼기 하며 오만가지 찌꺼기 덩어리
가 섞인 오물이 쫙 쏟아진 술판은 그야말로 개판이었다.
그러면서 한바탕 호통과 함께 소리를 버럭 지르는 일성호
가 있었으니….

   "에에라, 드으런 년놈들! 구정물이나 쳐 먹어라……?"

   온갖 오물을 머리와 어깨에 뒤집어 쓴 채 일행은 벽에
등을 기대고 앉아 비에 옴팍 젖은 생쥐처럼 혼잣말로 중얼
거렸다.

   "오 마이 갓, 신이여 이를 어쩌나요……!?"

   "허허허 – 하하하 –"

   "욕 먹어도 싸지 싸…… 하이고나……?"

# 우거지국안먹고건방지계양담배
## (優巨志國眼目高 建邦之計 養淡輩)

"꼬르륵—꼬르륵—"

그날 정오가 될 무렵. 우리들의 '살아볼(남. 46세)' 씨 배에서 신호가 온다. 배가 고팠다. 출근한다고 거짓말을 하고 집에서 나와 갈 곳이 없는 그는 힘이 빠진 발길로 방황하고 있었다.

그러다가 그의 눈에 무엇이 확 들어왔다. 큰 길가에 있는 '연기 날 호텔' 건물에 쓰인 현수막이었다.

"우리의 거리의 '아빠', 이대로 두고 볼 것인가?"

세미나 제목 같아 그는 그곳으로 발길을 돌렸다. '미래 모임사'의 주관으로 열리는 행사였다. 호텔 로비는 많은 사람들로 북적대고 있었다. 살 씨는 생각했다.

'여기서 앉아 있다 보면 오늘 점심은 해결되겠구나!'

살아볼 씨는 연기 날 호텔의 세미나장인 '다시 살 룸'으로 터벅터벅 걸어서 갔다.

세미나는 막 시작되고 있었다. 뒤쪽 의자에 등을 붙이고 앉았다. 행사측은 주제의 발제에 따라 자신의 연구 논문과 소관을 발표하고 있었다.

진행자 '우거지국(優巨志國)' 선생의 머리말 멘트가 나온다.

"여러분 안녕하십니까. 바쁘신 데도 오늘 참석해주시어 감사하게 생각합니다. 우리는 지금 어려운 경제난으로 인하여 가정의 파탄과 사업부도로 인한 가장의 현실도피성 자살, 또는 가족 동반자살의 비극, 그리고 이와 함께 늘어날 수밖에 없는 '거리의 아빠'와 '부랑아'와 각종 사회범죄는 그야말로 국가의 총체적 난국일 수밖에 없습니다. 그러나 문제는 이러한 어려움을 함께 하는 동반자적 관계가 사회 저변에 있어 일부이기에 아쉽다는 것입니다. 반면 잘사는 부유층은 이와 관계없이 더욱 호의호식 한다는 데에 국가적 사회적 모순이 있다는 것입니다. 요컨데 부익부 빈익빈 현상입니다. 오늘 이러한 문제를 발제자별로 도출하고 나아가서는 앞으로 우리가 걸어가야 할 방안을 강구해보는 시간을 갖도록 하겠습니다."

진행자의 서두 너스레가 끝나고 첫 번째 발표자인 '건방지(建邦之)' 선생이 마이크를 잡고 발표를 한다.


## 이대로 형 인간상에 관하여……?


"요즈음 물 좋은 서울 강남땅이나 방배동 근처의 환락가에서 술을 먹을 때 '이대로!' 라고 외친다고 합니다. 이대로 있는 사람들을 위한 세상이 지속되었으면 하는 야무진(?) 바램이라는 뜻일 테지요. 오히려 요즈음 돈 많은 특수층들은 살기가 그야말로 천국이라고 합니다. 고급 승용차를 타고 교외로 나가면 쭉 빠진 도로가 한산하여 차가 시원스럽게 나간다고 합니다. 비싼 기름값 절약을 위하여 차량 운행을 줄이기 때문이 교외 드라이브나 아베크족에게는 더 없이 행복한(!) 질주가 아닐 수 없다는 얘기입니다."

40대 중반쯤 돼 보이는 발표자는 꽤 가슴에 와 닿고 설득력 있게 자신의 의견을 또박또박하게 발표하고 있었다.

또 집에 가지고 있는 현금을 은행이나 사채시장에 내놓을 경우 높은 이자와 큰 손 대접을 받으며 이익을 챙길 수 있다고 한다. 날이 새고 나면 눈덩이처럼 원금과 이자가 늘어난다는 것이다. 더욱 가관인 것은 다들 어려워 힘들어하는데 우리만 편하게 사니 영국 왕실의 왕족 또는 특권층

같다는 것이 문제라는 것이다.

또 한 사람 '양담배(養淡輩)' 선생의 문제 제기.


## 주지육림(酒池肉林)의 향연에 관하여……?


"33만 원짜리 목욕"

"그 여자네 목욕비가 자그마치 33만 원이랍니다. 3만 3천 원도 아니요, 3천 3백 원도 아닌 기절초풍하게 비싼 33만 원이라니. 차암내 ……"

"저도 처음 이 소리를 듣고 내 귀를 의심했습니다. 의심치 않을 수가 없었습니다. 생각해 보십시오. 목욕 한 번에 일반 목욕비의 백 배도 넘는 물경(勿驚) 33만 원의 기도 차지 않은 돈을 낸다니 정신 나간 사람이 아니고서야 어찌 믿을 수 있나요? 그러나 이는 사실입니다. 지난밤 어느 방송국 프로에서 보도한 것이므로 믿지 않을 수가 없습니다. 목욕비가 비싼 것은 겉과는 달리(겉은 아주 꺼벙하게 꾸며 놓았다 함) 욕실 내부를 초호화판으로 꾸며 놓은 데다 수압 마사지인가 해초팩인가 하는 듣도 보도 못한 희한 얄궂은 목욕을 하느라 비싸다는 것입니다."

발표자의 이야기는 계속되었다. 살아볼 씨는 스스로 생

각을 했다.

'하기야 가진 것이란 돈 밖에 없어 밑엣돈이 밑에서 숨을 못 쉬는 그 여자들이야 33만 원이 아니라 3백 30만 원인들 못할 바 없겠지.후후웃— 후후웃—'

더욱이 시샘 많고 허영심 많아 허파에 바람 든 천박한 여자들이라면

'흥! 웃기지 마라. 네까짓 게 수압마사지에 해초팩도 하는데 내가 왜 못하니, 내가?'

하고 항용 골 빈 여자들이 공통적으로 갖는 '허영 속성'을 유감없이 드러낼 것이다.

참으로 집안 망칠 속성이요, 나라 망칠 속성이다. 아니 개인은 진작에 망했어야 할 속성이라나!

이어지는 발표자의 얘기.

"우리는 여기서 저 독일의 역사가이자 문화철학자이던 O. 슈펭글러의 '서양의 몰락'을 말하지 않을 수가 없습니다. 또 어찌 O. 슈펭글러 뿐이겠습니까마는, 이는 저 영국의 역사학자 에드워드 기번도 그의 명저 '로마제국 쇠망사'에서 비슷한 지적을 한 바 있죠. 로마가 한참 번성했을 때 로마 시민(신사)들의 자랑은 텅 빈 주머니였습니다. 그러던 것이 로마가 망할 때는 여러 가지 타락 양태가 걷잡

을 수 없이 생겨났죠. 날이면 날마다 주지육림(酒池肉林)의 향연을 벌였고 이것도 싫증나면 성적 쾌락에 빠졌습니다. 먹은 음식이 미처 배 안에서 소화가 안 되자 가지고 놀던 새의 깃털을 목구멍으로 넘겨 토해낸 후 다시 음식을 먹었고, 또 여자들은 백옥 같은 우유를 물처럼 욕탕에 부어 그것으로 목욕을 했으니 말이죠. 그래서 지금 로마에는 '그 여자네 목욕탕'이 없다고 합니다. 목욕으로 망한 치욕을 알고 있기 때문입니다."

"하하하— 호호호—"

객석의 청중들은 열변을 토하는 발표자의 얘기에 너털웃음을 지었다.

살아볼 씨도 생각을 했다.

'목욕 한 번에 33만 원이라니…… 몇천 원이 없어 밥 한 끼 못 사먹고 몇백 원이 없어 라면 한 봉지 못 사먹는 애옥살이가 이 땅엔 많고 많은데. 뭐, 한 번에 33만 원짜리 목욕을 해?'

'국가는 이따위 세상 망가뜨리는 천민 자본가들을 색출해 세금은 제대로 내는지, 돈은 땀 흘려 정당하게 번 것인지 철저히 규명해야 할 터인데 말이야……?'

세 번째 발표자 '안목고(眼目高)' 선생의 얘기.

## 모라토리엄 인간형에 관하여……?

"이제 사회로 나가는 게 무섭습니다. 어려운 경제난으로 앞길이 막막하다는 얘기입니다. 제가 아는 분 아들 하나는 서울대 인문대 졸업반인데 2년 재수를 한 26살의 청년입니다."

이 청년처럼 재수로 인하여 경제난이 닥치고 사회진출 길이 막히면서 대학 졸업을 앞둔 20대 중후반의 '준어른들'과 전후 세대로 큰 고생 없이 인생 계단을 밟아 올라오다 벽에 부닥쳐 '인생유예'를 선언하는 30대가 '모라토리엄 인간형'에 속속 편입하고 있다나. 모라토리엄은 채무에 대한 지불유예 또는 대기기간의 뜻. 한국의 '모라토리엄족'은 주로 타의로 사회적 '성장'이나 '진행'을 멈춘 상태라는 것.

"또 독일에 유학하던 어느 스무 살의 여학생은 말했습니다. '학위를 딴다 해도 자리가 없을 것 같아 일단 공부를 중단했다'고 말했습니다. 그의 학업은 유예."

"그리고 제 주변에는 이런 사람도 있습니다. 내 집 마련의 꿈에 젖어 결혼 이후 6년째 줄곧 적금을 부어 전세금을 포함해 1억 7천만 원의 목돈 동원 능력을 갖췄으나 전세금이 빠지지 않아 고민하고 있죠. 마이 스위트홈을 갖기 직전에 '남'의 손이 이를 늦추고 있다는 생각을 하면 자다가도 벌떡 일어난다고 합니다. 여러분!"

"짝짝짝— 짜아악—짜악—"

객석에 앉아 있던 청중들이 일제히 우뢰와 같은 박수를 보낸다. 연사는 자신의 발표에 힘을 얻은 듯 더욱 열변을 토한다.

"또 한 사람의 사례를 소개할까요. 장교로 군 복무를 마친 26살의 청년. 두려움 속에서도 나름대로 '포스트 모라토리엄'에 대비했죠. 그는 취업을 아예 2년 뒤로 미루고 영어와 웹 디자인을 하고 있었어요. 그는 자신감마저 잃으면 끝이라는 생각에 수시로 자기 최면을 걸어요. '나는 기업이 선호하는 공대출신이다' '나보다 못한 사람도 많다' '나는 천리행군에서 졸병의 군장을 대신 져준 체력을 갖고 있다' '고로 나는 칭찬 받을 만하다'고 말이죠."

"자동차회사에 근무하는 28살의 사람이 있었죠. 그는 6년 전 입사 이후 줄곧 적금을 부어왔습니다. 그러나 임금이 줄면서 적금을 해약해야 했고 해약금은 생계비로 다 써버렸습니다. 때문에 여자 친구와 새끼손가락을 걸고 했던 결혼 약속 이행은 무기한 유예됐습니다."

"모라토리엄족은 어쩌면 선택된 집단입니다. 철저하게 매정한 사회 환경을 생각하면 이에 적응할 기간을 '보장' 받은 셈이죠. 유예기간을 잘 이용하면 어려운 경제난이 끝난 뒤 '날릴' 것입니다. 그때는 능력만 보는 사회니까요."

"사회적 성장이나 진행이 중단되면 좌절해 냉소적이 되거나 심하면 반(反)사회성을 띠기도 하죠. 그러나 자신을 되돌아보거나 유연해지는 계기가 될 수도 있습니다. 이들이 '모라토리엄 정서'를 지닌 채 장년층이 되면 사회 전반에 또 다른 충격을 줄 가능성도 있기 때문입니다."

"여러분! 지금은 '세리'가 필요한 시기입니다. 록그룹 락왕극단(樂王劇團)이 어려운 경제난의 고뇌를 노래한 '세리가 필요해' 있죠."

하고 발제자는 연단에서 갑자기 노래를 불렀다.

'나도 한 때 잘 나갔지…/ 요즘은 '방콕'만 가지…/ 이젠 네게 내가 필요해 / 내 이름은 세리 요술공주./ 모라토리엄족은 큰 고생을 모르고/ 요술공주 세리/ 아톰, 마징가 제트와 함께 자라왔다' (중략)

"야호호 만세. 짝짝짝 − 짜악짝 짜악짝 −"
"옳아, 옳오라 −"

연사의 열변과 노래에 감동한 객석에서는 연거푸 박수에 박수가 터진다.

세미나의 점심시간이 되었다. 살아볼 씨는 행사장의 내빈들 뒤를 따라 옆 로비에 마련된 뷔페에 가서 배고픈 김에 점심을 먹기 시작하였다.

그러면서 그는 생각했다. 지구상 경제의 논리는 분명 이렇다. 한 사람의 부자를 위해서는 아홉 사람의 가난한 사람들의 희생이 요구된다. 경제적 상대성 원리인 까닭이다.

또 내 손에 1백만 원의 수익이 발생하면 1백만의 손실로 말미암아 밤새 식솔들을 놓고 빈 쌀독을 쳐다보며 피해에 대한 설움에 애오라지 한탄만 하는 가장이 있다는 사실을 알아야 한다.

얼마 전 살아볼 씨는 함께 다니던 '삼천리 잡지사'의 동료 직원 '힘내' 씨와 의기투합하여 도봉산에 올랐다. 그런데 거기서 그들은 아연실색을 했다. 못사는 사람들은 식사 한 끼를 굶네? 어떻게 이 달을 사느냐? 하며 노심초사하며 사는데 관광지는 그야말로 '살로만 마시지판'이었다.

옆을 보아도, 위를 보아도 산과 강가에선 삼삼오오 무리를 지어 고기 굽는 냄새로 산하가 진동을 하고 있었다. 그리고 한편에서는 노래방 기계를 틀어놓고 남녀가 부둥켜

안고 끈적거리며 춤을 추고 있었다.

살아볼 씨와 힘내 씨는 생각을 했다.

"물론 경제적으로 어렵다하여 집안에만 답답하게 앉아 있어야 뭘 하나 싶어 차라리 가족이나 친지, 친구들과 어울려 계곡에 왔겠지."

"그으럼, 저렇게 앉아 시원한 소주에 돼지고기를 상추쌈에 된장을 옴팡지게 잔뜩 발라 입안에 옴실옴실 씹는 맛이란 요즈음말로 '야후, 짱입니다요!' 이겠지."

"그러나 힘내 씨. 그건 아닌 것 같아. 주변을 유심히 살펴봐. 어려운 경제난보다 이러한 먹자판이 유난히 많아 졌다는 것이야. 이렇게 푸짐한 먹거리로 인한 뒤끝은 여러 가지의 소모형태로 문제점이 생기지. 먹거리 쓰레기 배출로 인한 자연환경 훼손과 개인의 감정 낭비 칼로리 요구량이 많아져 먹거리의 가계비 지출이 는다는 것이야."

살아볼 씨는 말했다.

"정론적으로 얘기하면 정말 살림이 어렵고 쪼들리면 야외로 고기 사들고 승용차 기름값 없애면서 나들이해야 옳은가? 말이야?"

차라리 집 안에서 반바지 차림에 수박 한 통 얼음에 섞어 수박화채라도 가족끼리 오순도순 만들어 먹는 게 절약이 아닌가. 굳이 기름값과 시간, 고기와 술값 등으로 가계비 지출 항목을 늘리면서 소비하면 어려운 경제난이 없어지고 3만 불 시대가 다시 살아온단 말인가. 살아볼 씨는 생각했다.

'이는 정녕 절약과 소비의 구획정리가 안 된 모순된 현대인의 삶의 굴절 현실이다. 절약은 절약이고 소비는 소비이어야 한다. 큰 돈이 무서워 안 쓴다고 손가락 사이로 빠지는 작은 물줄기를 누가 막아주나?

지극히 작은 것을 소중히 여기는 사람은 지극히 큰 것에도 소중하게 생각하는 것이다. 진리를 아는지…… 오죽하면 몇년 전에 어느 큰 스님이 이승에서 열반하시면서 한 말이 지금껏 뇌리에 남아있다.

"산은 산이고, 물은 물이로되……"

바른 것을 바로 보지 않고 인간이 잔머리로 우회, 또는 좌회하여 바라보는 것에 대하여 경고하는 말씀일 것이다.

미리 잔뜩 빼 버린 물거품. 동남아로 미국으로 흥청망청 돈을 물 쓰듯 뿌리고 다녔던 지난 20세기 말의 망령을 이제 과감히 벗어 던져야 한다고 생각했다.

도봉산에 의기투합하여 등반한 날 살아볼 씨와 힘내 씨는 둘만의 '도봉결의'를 했다.

"21세기에는 우거지국 안 먹고 건방지게 양담배(優巨志國 眼目高 建邦之計 養淡輩) 피우는 우매한 민족은 되지 말자!"고……

"야호호― 야호호―"

# 줄

'백두문방구' 사장 최방석은 최근 학교 앞에서 줄넘기 팔기에 여념이 없을 뿐 아니라 제법 돈벌이에도 짭짤한 재미를 보고 있었다.

아침 아이들 등굣길에 하루에 보통 줄넘기를 70~100개 정도 파니까 수입이 다른 문구용품 파는 것보다 이익이 많았다.

얼마 전 제일초등학교 교장이 새로 바뀌더니 교장 부임 일성 왈.

"우리 학교를 군내 최고의 체육학교로 발돋움 시키겠다. 우선 손쉬운 줄넘기 운동부터 전 교사와 교직원 및 전 학생 그리고 더 나아가서는 전체 학부모들까지 확대 보급하여 활성화 시키겠다."고 했다.

그 후 학교 앞 문방구는 매일 아침 줄넘기를 사려는 학생들로 북새통을 이뤄 줄을 서는 일이 다반사였다.

"쳇, 줄 잘못 서 신세 망친 내가 요즘엔 줄넘기 팔기에 신이 났으니 원 참……."

학교 교장의 명령인데 누가 감히 맞서랴. 학교 앞 문방구들은 서로 앞다퉈 좋은 줄넘기 구입에 혈안이 되었다. 활달한 칼라와 디자인이 좋은 것 등을 도매상과 공장에 매일 주문하느라고 그야말로 전화 줄을 붙잡고 있었다.

그러나 백두문방구 최방석 사장은 그간 이놈의 '줄'을 잘못 섰기 때문에 평생을 한 처럼 살아 왔었다. 지금은 겨우 초등학교 앞 문방구를 차려 나무 의자 밑에 전기장판을 깔고 그 위에 방석을 겨우 한 장 올려놓고 아내와 함께 그 위에 나란히 앉아 코흘리개 초등학생을 상대로 돈을 건지고 있는 것이다.

최방석 사장의 줄 잘못 서기는 초등학교 시절로 거슬러 올라간다. 반장 선거 때 떨어질 후보에게 줄을 대어 졸업할 때까지 반장과 사이가 안 좋은 것을 비롯하여 중학교, 고등학교 때에도 각종 선거에서 꼭 줄을 잘못 섰었다.

또 군대를 갔을 때도 마찬가지. 취사반의 좋은 배치를 받아야 함에도 줄을 잘못 서 그는 위병소 근무를 제대할 때까지 하여 연병장만 돌다가 전역했다.

그리고 사회에 나와 취직할 때도 사연은 비슷했다. 좋은 회사 시험까지 잘 보고 면접 때 힘(빽) 없는 사람에게 줄을 잘못 서 더 힘 있는 줄에게 빼앗겨 밀려 났었다.

그러다가 신경질이 나서 문방구 사업을 하려고 시내 학교 앞을 기웃거리다가 목이 좋은 인근 중학교 정문 앞자리를 줄 좋게 선 다른 사람에게 빼앗기고 겨우 초등학교 모서리에 있는 문방구 가게 하나 잡아 코흘리개 돈을 벌어 입에 풀칠하고 사는 것이었다.

또 있다. 결혼할 때도 그랬다. 지금의 아내 순이는 지금도 모르는 비밀이지만 더 잘나고 예쁜 처녀인 희숙이와 한창 양다리를 걸치고 열애 중이었다.

"뒷배경이나 예쁜 걸로 봐서는 희숙이 그 처녀가 좋은데……. 순이는 순이를 나에게 소개해준 중매쟁이 쪽에서 더욱 성화이니 말이야……"

그러다 결국 지금 아내에게 줄 서 혼인 서약을 하고 결혼 도장을 찍었다. 그러나 최방석은 금방 후회를 했다. 왜냐면 실제 최방석은 희숙이의 출중한 미모에 대하여 늘 연모하고 있었기 때문이다.

결국 인생의 인륜대사인 결혼까지도 줄을 잘못 서는 바

람에 실패를 보았다고 자책하고 있었다.

그래서 그는 요즈음 '줄' 이라는 국가적 · 사회적 폐해를 느끼고 있는 사람들끼리 모여 만든 '정자모임'을 열심히 운영 중이다.

그리고 '줄대기' 근절의 일환으로 지난해부터 학교 동창회나 향우회 참석을 묵시적으로 금지했다. 정자모임은 서로 고향과 학교 출신, 성씨 출신 등을 묻는 것을 금지 서약 제1호로 결정했다.

왜냐면 모든 줄대기의 씨앗이 바로 학연, 혈연, 지연 등에서 싹이 튼다고 판단했기 때문이다.

그래서 모임 명칭도 정자(精子)모임이다. 난자를 향해 돌진하는 수억 마리의 정자들. 그 중 가장 빨리 헤엄친 한 마리가 살아남는 공정한 경쟁인 태생(胎生)의 생존원리를 적용하자는 것이다. 이제 우리 사회에서의 성공도 이제 '헤엄' 의 문제로 귀결되어야 한다는 것이 이 모임의 가장 큰 취지이다.

이 모임의 최방석 이끔이(회장 격)는 회원 간 매월 모여 그간 조사하고 연구한 내용을 토크 형식으로 하여 토론회를 갖는다. 지난달 최 이끔이는 이렇게 밝혔다.

"학연, 지연을 따지는 것은 '목'을 내놓는 것이나 다름

없습니다. 제 능력으로 먹고 사는 것 외에는 방법이 없는 세상이 참다운 사회입니다."

"하지만 어떤 의미에서는 줄서기 같지 않은 줄서기가 구조조정 와중에 생겨나고 있는 것 같습니다. '잘 나가는' 사람들의 '끼리끼리 모임' 같은 것도 간과해서는 안 될 것입니다."

또 다른 회원인 조중한 씨는 이런 사례를 발표했다. 다국적 기업인 미국 '올프라샤'의 이사를 지낸 어느 사람이 있었다고 전제하면서 그는

"상사의 집 잔디를 깎아 주는 미국인을 보고 처음엔 놀랐다. 숨기지 않고 '난 이 사람의 라인이다'고 밝히는 게 아닌가. 다만 '내가 잔디를 깎기 때문에 업무 능력을 인정받는 게 아니라 능력이 있기 때문에 잔디를 깎아도 뒤탈이 없는 것'이라는 말을 듣고 많은 생각을 하게 됐다."

고 했다. 줄서기 같지 않은 한 차원 높은 선진국형의 좋은 사례였다. 줄대기와 능력. 앞으로 21세기 줄서기의 새로운 메커니즘은 바로 '능력과 업적'이라는 것이다.

회원 중 한 사람인 한중일 이사는 이렇게 말했다.

"줄서기는 필요악입니다. '줄' 간의 경쟁과정에서 조직의 발전이 나옵니다. 다만 앞으로는 보스의 카리스마에 의

존한 줄이 도태되고 경쟁력 있는 자들의 경쟁력 있는 줄만
이 살아남을 것입니다."

이 정자모임에서 늘 센스 있고 샤프한 내용으로 전체 발
표회를 압도하는 이한섭 회원 왈.

"잘 나가는 선배는 잘 나갈 가능성이 있는 후배를 주로
상대합니다. 제 아무리 동향(同鄕), 동문(同門)이라도 영업
실적이 저조한 후배에게는 선배 자신의 이미지를 구길까
봐서인지 자판기 커피조차 사주기를 꺼립니다. 이제 우리
회사는 총무과나 기획실의 촉망받는 선배와 친하다는 것
만으로도 능력을 인정받는 분위기입니다."

이한섭 씨는 철저한 조사를 하였는지 주도면밀하게 설
명해 나간다.

"아니꼬우면 잘 나가라? 이겁니다. 능력 있는 사람만이
'능력인 클럽'에 줄을 대고 그래서 더욱 생존 능력이 강해
지는 상승효과를 높인다는 것 입니다. 상사의 중학교 후배
일지라도 업적 없이는 '라인맨'을 꿈꿀 수조차 없는 분위기
이죠. 결국 '줄'의 득세도 복권 추첨과 같은 '100분의 1' 확
률이 아닌, 애초부터 성공한 줄서기와 실패한 줄서기로 갈
라지는 '라인의 빈익빈 부익부' 시대가 도래할 것입니다."

"수구파 '척결'이라는 '목'을 날리는 '단칼형'도 있지만

193

경쟁력 있는 내 라인을 형성해 압박하는 것이 가장 잔인하고 확실한 방법입니다. 이런 '고사작전'은 시간이 걸리지만 후유증이나 보복이 절대로 없습니다. 어떤 기준에서 봐도 회사에서 꼭 필요한 사람들로 이뤄진 인맥이기 때문입니다. 정자가족 여러분 조훈현과 제자 이창호로 이어지는 바둑 계보를 보십시오. 이를 '줄바둑'으로 비판할 수 있는가 말입니다."

라며 이 씨는 회사 내 연공서열 타파를 주장하며 '수구세력과 투쟁하기 위해 별도로 인맥을 만들고 있다'고 밝혀 기존 회원들을 긴장시키며 섬뜩한 느낌마저 주었으나 그의 단호한 용기에 정자모임 회원과 참석자 일동은 힘찬 박수를 보냈다.

이른 아침 제일 초등학교 정문 앞. 단정하게 차려입은 중년 여인이 백두문방구 최방석 사장을 찾아왔다. 추운 날씨에 최 씨 부부는 나무 의자 전기방석에 앉아 궁둥이를 솔솔 데우고 있었다.

"정자모임 최방석 이끔이를 찾아왔습니다."

"예, 제가 최방석이데요?"

"안녕하십니까. 저는 여기 제일초등학교 자모회의 주영자 회장입니다. 이번에 제일초등학교에서 세운 학교 방침

처럼 우리 자모회원들도 줄넘기를 사서 활달한 줄넘기 운동에 참여하기로 했습니다."

"아, 예 잘 하셨습니다."

"그래서 이번에 우리 자모회 5,200명이 여기 백두문방구에서 줄넘기 5,200개를 일괄 구입하기로 했습니다. 1주일 이내로 납품해 주세요."

"아이구, 감사합니다. 회장니임!"

최방석 회장은 전기방석에서 벌떡 일어나 주영자 회장에게 정중히 인사를 하였다. 그러자 주영자 회장은 차분하게 말했다.

"개인적으로 최방석 이끔이의 정자모임을 찬성합니다."

"아, 그러셨군요."

"얼마 전 기왕이면 다홍치마라고 이 학교 앞의 문방구 중에서 저희 학교 동문을 찾아 줄넘기를 팔아주려고 수소문 하던 중 최 이끔이를 찾았었지요."

"아 맞아요. 언제인가 어느 학교를 나왔느냐고 물었었지요."

"그때 학교 출신을 묻자 최 이끔이는 '우리는 학연, 혈연, 지연을 배척합니다. 능력과 인간성을 중시합니다.' 라고 딱 잘라 말했어요. 그 당시는 사람이 매정하다 싶었는데 나중에 생각해보니 최 이끔이의 말이 옳은 일이고 이 사회가 하루빨리 '줄'로부터 벗어나야 발전을 한다고 판단하였습니다. 그래서 우리 자모회 임원들과 합의하여 백두문방구에서 줄넘기를 일괄 구입하기로 하였습니다."

"예, 그러셨군요. 감사합니다. 주회장님. 이쪽으로 올라와 방석에 앉으시지요. 이 방석이 바로 줄을 서지 않는 '안줄방석'입니다."

"호호호─ 그래요 이거 반갑습니다. 요즘 뜨고 있는 정자모임 안줄 방석에도 여자의 몸으로 다 앉아 보고⋯⋯"

# 진달래

이른 아침 한절로(韓切路) 씨는 거실
에서 조간신문을 뒤척이고 있었다. 머리기사는 '조선어판
한국형 장발장이 무더기로 쏟아지고 있다' 는 내용을 큼직
하게 다루고 있었다.

한 씨는 지난해 이 나라를 할퀴고 지나간 경제 불황으로
인한 바닥 경기의 잔재려니 하고 생각하였다. 극도의 경기
불황이 평범한 시민조차 빵 한 조각 때문에 수십 년간 감
옥살이한 장발장의 상황으로 몰아넣고 있다는 것이다. 생
계형 범죄 증가는 국제 경제 불황 이후 한국 사회의 불안
을 보여주는 단적인 사례라고 제하의 기사에서 날카롭게
지적하고 있었다.

이어지는 신문 기사의 구구절절한 사례. 지난달 절도혐

의로 수도시 갈러구 경찰서에 구속된 金 훔쳐 씨의 가슴 아픈 한 단면을 보자.

김 씨는 고물상에서 알루미늄 샷시 30Kg과 고철 100Kg(시가 36만 원)을 훔친 혐의로 구속됐다. 직장에서 해고된 후 생후 6개월 된 아들의 분유값을 마련할 길이 없어 재활용품을 모으러 다니다가 고철 덩어리를 보고 갑자기 욕심이 생겼다는 게 김 씨의 범죄 동기란다. 이처럼 생활고를 못 이겨 저지르는 범죄는 작년 말 이후 급증하고 있다.

조간신문을 보며 한숨을 쉬고 있는 남편인 한절로 씨를 보며 부인 강 여사가 덧붙인다.

"여보, 어제는 이웃 동네의 딱한 여자 한 분이 경찰서에 잡혀갔대요!"

"아니 왜……?"

"서른도 안 된 이 여자는 집 근처 슈퍼마켓에서 국수와 참기름 등 1만 7천여 원어치의 식료품을 훔치다가 주인에게 들켰대요. 글쎄."

모닝커피를 내오며 강 여사의 얘기는 계속되었다.

"나이 든 시아버지와 실직한 남편의 일거리가 없어 수입이 끊긴 데다 현재 임신 8개월이라 먹고 싶은 것이 많아 남의 물건에 손댔다는 게 그 여자의 눈물겨운 변명이래요."

"쯧쯧쯧……."

한절로 씨는 어제 퇴근 무렵 사무실에서 직원들이 주고받던 얘기들이 생각났다. 자녀의 유치원 비용을 마련하기 위해 빈집털이에 나선 실직자들의 가슴 아픈 얘기, 식량이 없어 가게에서 봉지 쌀을 훔친 가장의 눈물겨운 가난, 빚독촉에 시달리자 신생아를 유괴한 돈에 한(恨) 서린 임산부 등 모두 절박한 상태에서 저지른 '조선판 생계형 범죄' 등이었다.

또 직원들은 그 뿐이 아니라며 혀를 차며 안타까운 현실을 토론하곤 했다. 어떤 경우는 심지어 주차 차량의 기름을 빼내가 팔아먹는 주차장 얼씬형 절도범의 급증, 공사 현장을 맴돌며 전깃줄이나 구리 전선을 절취하여 고물상에 팔아먹는 참새형 절도 사건도 빈발하고 있다고…….

유엔아동기금(UNICEF) 모금함이 털리는가 하면 공공건물에 비치해 놓은 휴지, 메모지, 볼펜 등도 없어진다. 공중전화 박스도 수난을 당하고 있다. 경제위기의 소용돌이 속에 허우적거리며 지푸라기라도 잡으려는 사람에게 장밋빛 환상을 심어주며 사기를 치는 경제사범도 늘고 있다.

그리고 명예퇴직자의 퇴직금을 노린 취업 사기나 다단계 판매 사기단, 자금난에 쪼들리는 중소기업을 두 번 울리는 신종 대출 사기가 판을 치고 있다. 대화 도중에 판매과의 박 대리가 긴 한숨을 내쉬며 탄식한다.

"이런 현상을 경제사범형 범죄증가 상태라고 말한대요. 일반적으로 사회학자들에 따르면 한 사회에서 실업률이 1% 늘어나면 범죄는 보통 5%이상 증가한다고 말이에요."

박 대리는 담배 한 개비를 물면서 말했다.

"만약 올해도 실업률이 9%를 넘어 실업자가 수백만 명에 이르면 범죄는 작년보다 35%이상 늘어난다는 계산이 나온다고 합니다. 이럴 경우 치안 부재의 위기 상황을 맞을 가능성도 없지 않다는 얘기입니다."

옆에서 시종일관 듣고만 있던 운송부의 윤 과장이 말한다.

"하여튼 판매과의 박 대리는 엄격한 결과 분석과 사회지표 외는 데에는 뭐 있어. 우리 회사의 별명처럼 사회 평론가다워 역시가, 역시야."

이들의 가슴 답답한 얘기는 퇴근 후 삼삼오오 짝을 지어 잘 가는 '먹보식당' 술좌석에까지 이어졌다. 퇴근 무렵 사내 직원들의 얘기에만 귀 기울이던 영업부의 이 과장이 말했다.

"오늘날 이처럼 범죄가 급증하다 보니 가볍게 웃어넘길 수 있는 사소한 문제도 폭력이나 살인으로 연결되는 등 인심마저 흉흉해지고 있는 것 같아요. 우리 사촌 형님 회사에서는 불리한 인사고과 때문에 해고됐다며 상사에게 폭력을 휘둘러 구속된 부하 직원이 있었대요. 어디 그 뿐이에요? 임금체불로 다투다 사장에게 흉기를 찔러 숨지게 한 공장 근로자가 있었고, 빚 독촉을 해온 사채업자를 유인해 생매장한 어느 자영업자도 있다고 하잖아요."

술잔을 기울이던 판매과 박 대리의 사회 평론 강론이 '이때쯤 다시 나오는 것이 수순이 아니던가?' 하고 눈길을 보내던 직원들의 귀요기에 때라도 맞추었다는 듯 논리 정연하게 이어진다.

"현재 전국 교도소에 수감된 범죄자는 7만여 명으로 적정 수용 인원 5만 7천 명을 훨씬 초과해 미어터지고 있다는군요. 감방 1평당 2.24명 꼴로 100명 수용 한도 시설에 124명이 수용돼 있으니 말이요. 지난 유신헌법 폐지 논란 이후 최고치를 자랑한다는구면. 영등포와 인천 구치소, 대구 교도소는 1평에 3명 이상 수용돼 최악의 상황이랍니다. 최근에는 '숙식'을 해결하기 위해 자포자기성 범죄를 저지른 뒤 이곳을 찾는 사람도 크게 늘었다고 합니다."

"허허허, 허허허……."

"그러게 말이요."

일동의 공감대를 얻자 박 대리는 신이 난 듯 다시 그 특유의 논리 정연한 언변이 이어졌다.

"정리해고나 임금 삭감 등으로 상실감에 빠진 사람들은 비교적 준법정신이 약해집니다. 어려워진 이들에게 고통 분담을 강요한다면 사회에 대한 증오심까지 생겨 걷잡을 수 없는 돌출행동으로까지 이어질 수 있다는 것이 사회범 죄학자들의 지적입니다."

영업부의 이 과장이 한참을 듣다가 앞에 있는 술잔을 권하며 외친다.

"아, 아 이거 안 되겠어요. 좋은 자리가 마치 어려운 우리 현실을 난도질하는 것 같아 술맛이 떨어져요. 우리 건배해요."

"자, 그럽시다."

영업부의 이 과장이 외친다.

"여러분 진하고 달콤한 내일을 위하여 '진달래!'"

"하하하, 일동 진달래......!"

술자리를 마치고 돌아오면서 한절로 씨는 생각했다.

'이 달 봉급날에는 전 직원들의 급료에서 10%씩 떼어 지난해 우리 회사 정문 수위직를 그만두고 서울역 지하도 에서 걸식한다던 길잠자 씨 위문이나 가자.'

고 해야겠다며 터덜터덜 힘없이 집으로 향했다.

# 최고의 남자

"오! 신이여, 왜 이제야 최고의 남자를 주셨나이까!"

"You're my first, You're my last, You're my everything."

하얀 눈이 내리던 겨울 어느 날.

춤판에 뛰어든 지 얼마 안 된 '하이힐'에게 근래에 '최고의 남자'가 나타났다. 샬롬 같은 프로 9단인 꾼에 비하여 새로 나타난 남자는 고급스럽다 못해 인텔리풍에 학구적이기까지 했다. 다 낡은 소나타를 굴리는 샬롬에 비하여 그 남자는 새 고급 승용차에 운전기사까지 있는 18세기 아일랜드 귀족풍 같은 남자였다.

춤판에서의 춤은 샬롬만이 최고인 줄 알았던 하이힐이

었다. 그러나 그 생각이 착각이었다는 것도 이 남자와 춤을 추면서 차츰 알게 되었다. 춤이 끝나면 근사한 집에서 저녁을 먹고 집까지 바래다 주는 것이 남자의 기본예절이라는 것도 새 남자를 통해 알았다.

되먹지 못한 춤꾼은 세련되지 못하고 감각이 무뎌 춤판에 뛰어든 풋내기 여자들이 지각을 갖지 못했을 때 미끈한 말로 여자를 후리는 삼류 제비라는 사실도 새 남자를 사귀면서 하이힐은 알게 된 것이다.

하루가 다르게 춤 실력이 늘어가고 남자를 보는 눈도 스스로 높아가고 있을 무렵 하이힐은 아주 좋은 새 남자를 만나게 되었다고 생각했다.

하이힐에게 혜성처럼 나타난 최고의 남자는 안개 마을 농공단지의 '뉴 프론티어 전자회사'의 상무로 근무하고 있는 50대의 남자 '로이사'였다. 그는 직장을 따라 혼자 지방에 내려와 있자니 저녁 시간이 무료했고 그럴 때마다 인근 읍내의 춤판을 기웃거리는 것이었다.

그가 처음 춤판에 나타났을 때부터 그녀의 눈에 그 남자는 반드시 낚고 싶은 상대였다. 그리고 그 남자의 눈엔 그녀가 아직도 오염되지 않은 지방의 순수한 여자로 보였다.

"자아, 하이힐 여사님. 한번 추실까요."

"예, 자알 못 추는데 그럼 잡아 주세요."

그 남자가 주저주저하며 내민 하이힐의 손을 잡고 후로 링으로 나가면서 그들의 운명적인 만남(!)은 시작되었다. 차 한 잔, 저녁 식사, 술 한 잔으로 이어지다 보니 어느새 마무리 미팅 단골인 그들만의 은밀처 '장미모텔 201'을 아지트로 정해놓을 정도로 가까워졌다.

'쳇……춤을 배우다가 시어머니 때문에 중도에 포기할까도 했지. 그러나 눈물을 흘리며 발에 밟히고 손에 잡히며 배운 춤을 배우기 잘한거야.'
하는 생각이 요즘 따라 자꾸만 든다. 하이힐은 결혼 후 단한 번도 부부생활에 만족을 느끼지 못했다. 원인은 남편인 '나물르' 씨가 부부의 성(性)생활을 원만하게 이끌어가지 못하였다.

'부부의 성생활이란 것이 부부가 함께 뛰는 심판 없는 건전한 스포츠요, 숲 속의 교향악 앙상블이어야 한다.'
고 배운 하이힐에게는 모든 것이 불만이었다. 그러다 보니 늘 나물르 자신 위주로 치르는 부부의 성생활이야말로 하이힐에게는 불만일 수밖에 없었다.

남편 나물르는 외동아들로 태어나 고생을 겪지 않고 시부모님의 보호 아래 곱게만 자랐다. 남편이 결혼 후에는 돈을 벌기 보다는 안주하는 생활로 연명하였다. 몇 평 안되는 시골의 땅에서 나는 소출로 겨우겨우 가족들의 목구멍에 풀칠만 하였다. 그리고 집안에서 책만 보고, 더러 친구들과 술판으로 어울리거나, 훌쩍 어디론지 여행만 다녀오는 것이었다.

그런 남편과 가정에 흥미를 못 느낀 하이힐은 언제부터인가 춤을 배우기 시작하였다. 그렇게 춤을 배워 로이사란 남자를 알게된 것이 그렇게 좋을 수가 없다며 눈물을 흘리며 기뻐하는 스스로의 모습을 보면서 알 수 없는 인생의 설움이 복받치기까지 했다.

하이힐은 뉴 프론티어 전자회사의 로이사 상무를 만나 그 회사에 관리직으로 취직까지 했다. 그야말로 '꿩 먹고 알 먹는' 그만의 전성시대가 온 것이다.

근무시간에도 보고 싶으면 눈치껏 스리슬쩍 로이사 상무 집무실로 업무를 핑계삼아 만나 보기도 하고, 업무가 끝나면 인근의 물 좋은 '잉글랜드 카바레' 후로링에서 삼십여 분 붙어 실컷 빠대다가 그들만의 단골 은밀처 '장미모텔 201' 아지트로 가서 뜨거운 시간을 즐기고 늦게 집으로 간다. 그리곤 안방에 들어가 베개를 끌어안고 TV를 보고 있는 남편 나물르 앞에서 핸드백을 내던지며 신경질을

낸다.

"어휴 다리야, 돈 벌기가 쉬워야지…… 툭하면 야근에 잔무까지 겹쳐 가고…… 회사라고 바빠서 말이야."

하며 투덜거리면 남편 나물르는 하이힐의 다리를 주물러 주면서 달래곤 했다.

"여보, 그래도 이런 시골에서 어디에 가서 한 달에 백만 원씩 벌겠어. 그러니까 그 돈으로 애들 학교에 보내잖어."

"그래도 그렇지. 맨날 일만 많아가지구선……"

"조금만 참고 기다려 봅시다."

호사다마(好事多魔)라고 했던가. 나날이 행복한 그들에게 도 문제가 생겼다. 그녀가 뜻밖의 교통사고로 병원에 입원 을 했기 때문이다.

재수가 없으면 뒤로 넘어져도 코가 깨진다는 말처럼 예 기치 않은 그녀의 교통사고는 차마 예기치 않은 불운이었 고 의외였다. 그날도 그들은 직장에서 함께 근무를 하면서 남 몰래 눈을 맞추는 등 즐거움을 만끽하며 하루를 보냈었 다. 하이힐은 원래 그날은 직장이 끝나자마자 집으로 돌아 가 세탁과 밀린 집안일들을 해치울 생각이었다.

그간 로이사 상무가 며칠간 지방순회 출장을 다녀왔었 다. 그동안 다른 지방으로 출장을 다녀오는 바람에 하이힐을 못 봐온 탓인지 직장에서 그녀를 바라보는 눈길이 로이사 특유의 야릇한 눈빛으로 불타고 있었다. 퇴근 준비를 하고 있는데 사무실로 그의 전화가 걸려왔다.

"하이힐 듣고만 있어. 그곳 알지. 이따가 끝나고 그곳에 가 있어. 응?"

"예, 알았어요."

둘은 며칠 만에 그들의 아지트에서 한참을 뜨겁게 불타는 격정과 농염한 시간을 보냈다. 이제 하이힐은 늘 같은 코스처럼 그 남자의 차를 타고 집으로 돌아가야 한다.

하이힐을 집에까지 데려다 주는 길은 산업도로로 유난히 트럭과 대형 차량이 많이 다니는 위험한 도로이다. 그날도 강렬한 라이트와 요란한 경적을 울리며 뒤쫓아 오던 뒤차에 길을 양보하려고 옆으로 비키다가 하이힐 집 앞에 거의 다와서 그만 차가 옆으로 구른 것이다.

다행히 경사가 완만했기 때문에 큰 사고를 당하진 않았다. 로이사는 얼굴에 상처가 나고, 하이힐은 다리뼈에 금이 가고 엉덩이 부근에 심한 타박상을 입었다.

이 교통사고는 둘만의 떳떳하지 못한 관계여서 조용히 처리할 수도 있었는데 용케도 이 사고를 하이힐 집 앞 구멍가게 안주인인 '즈덜봐라' 씨가 발견하고 즉시 뒷집인 그녀의 집으로 연락을 한 것이다.

하이힐 남편인 나물르와 시어머니가 깜짝 놀라 헐레벌떡 뛰어와 인근 병원으로 우선 둘을 옮겼다. 크게 다치지 않았다는 게 확인되면서 안도하였다. 그러나 그 다음부터가 문제였다. 평소 부부로써 남성 역할은 시큰둥하지만 매사에 퍽 끈질기고 꼼꼼한 나물르 씨였다. 병원 후송 이후의 관심은 어째서 늦은 밤에 다른 남자의 차를 타고 올 수가 있느냐는 문제에 시댁 식구들의 관심이 집중되었다.

하이힐이 처음에는 변명을 했다.

"회사 앞에서 버스를 기다리다가 버스가 오질 않아 집에 빨리 오려고 지나가는 차를 세워 태워 달라고 해서 탔어요."

"그런데 당신 다니는 직장에서 당신과 함께 탄 남자를 상무라면서 전화로 직원들이 찾던데……무슨 말이야……?"

함께 탄 남자가 직장의 상사라는 사실이 밝혀지면서 한바탕 소동이 벌어졌다. 엎친 데 덮친다고 했던가. 한 번 꼬이기 시작한 사고는 점점 꼬여들기만 하는 법이다.

입원한 병원에 간호사로 근무하고 있는 아이들의 고모의 입에서 엉뚱한 사실이 밝혀졌기 때문이다. 사진 촬영을 하다가 그녀가 자궁에 루프를 장착하고 있다는 사실이 밝혀질 위기에 처한 것이다. 엉덩이 부근의 심한 타박상 때문에 전라(全裸)의 몸으로 전신 엑스레이 촬영을 했는데 루프를 한 사실이 밝혀졌다.

이를 안 고모가 오빠를 붙들고 병원 복도 한쪽으로 데리고 가더니 정색을 하며 따지듯 물었다.

"오빠, 오빠가 정관수술을 했는데 언니는 왜 루프를 달고 다니지?"

"뭐야……?"

"부부가 임신할 일이 없는데 왜 피임기구를 쓰느냐? 이 말이에요."

"글쎄다. 우리 부부 관계 때는 그런 것 안 쓰는데……"

"오빠, 오빠는 그야말로 씨 없는 수박 아니우? 그런데 필요할 때만 써야할 루프가 왜 그 곳에 끼어 있느냐고. 그 것도 보니까 매일 끼고 다닌 것 같던데……?"

"이- 이런, 이 년이… 직장에 다닌답시고… 어쩐지 요즈음 화장이 짙어지고 귀가 시간이 늦는다 했더니……"

"차암 잘 됐수. 오빠……!"

그녀의 교통사고는 마침내 엉뚱한 방향으로 흘러갔고 부부는 마침내 별거를 하게 되는 상황으로 악화되고 말았다.

하이힐은 남편 나물르에 대한 사랑이 남아있는 것도 아니고 시부모와 가족을 모시는 시집살이가 편한 것도 아니었기에 오히려 바라던 바였는지 모른다고 생각했다.

이를 계기로 그녀의 직장 상사와의 불륜 관계는 알 만한 사람은 대충 알만큼 일반화돼버렸다. 한동안 이 마을에서는 이 일이 화제가 되어 심심찮게 직장 안팎과 인근 가정, 미장원, 마을회관 등에 날개를 달고 입방아에 입방아로 날아 다녔다.

그러나 그들의 뜨거운 사랑은 식지 않았다. 사내 안팎의 직원들의 눈총을 피해 그들의 밀회는 계속됐다. 하루라도 만나지 않으면 못살 것 같은 마음이 들 때 또 한 번 일이 꼬이기 시작했다. 로이사 상무가 사내의 어떤 여직원과의 스캔들로 문제가 되면서 전격적으로 본사로 발령이 났기 때문이다.

그 남자에 대한 애착이 강할수록 그녀의 가슴은 눈물로 가득했다. 다시 방을 한 칸 얻어 혼자가 된 그녀는 한동안 발길을 끊었던 춤판을 기웃거린다.

그러기를 얼마나 세월이 흘렀을까. 최고의 남자였던 로이사가 보고 싶어 죽을 지경이었다. 마음을 단단히 먹고 하이힐은 그를 만나기 위하여 본사인 서울로 올라갔다.

매일 만나던 그들이었기에 두 사람의 해후(邂逅)는 반가움 그 자체였으며, 그들은 마치 견우와 직녀 같았다. 둘은 만나 역시나 뜨거운 시간을 보내고 목이 말라 갈증을 달래려고 맥주를 마셨다.

　　로이사의 승용차로 남산의 호텔을 나와 내리막 산길을 달리는데 급 커브길이 갑자기 나타났다. 술 탓에 이를 미처 보지 못한 로이사가 차를 좌측으로 꺾으면서 순간적으로 차는 아래로 굴러 버렸다.

　　"끼이익—터터덕—쿠우웅—"

　　"로이사, 로이사 차가 굴러요! 차가⋯⋯!"

　　"어허허 차가 왜 이래? 흐으윽—"

　　"어머머— 사 사람 살려요웃—

　　하늘에서 구멍이라도 난 듯, 하얀 함박눈이 펄— 펄— 내리던 겨울 어느 날. 샬롬은 교통사고 소식을 듣고 서울에 올라갔다. 춤판의 소식은 무척 빠르다. 입에서 춤으로 날아 다닌다고나 할까. 하이힐이 그래도 한 때 춤판에서 열정적으로 빠대던 후배이자 친구인 관계로 꽃을 사들고 몇몇 일행들과 병원에 갔다. 병원은 서울 남산 중턱에 있는 한양병원이었다. 이들이 있다는 중환자실로 갔다. 급경사로 굴러 떨어진 운전자인 로이사는 병원에 옮기자마자 사망하고 하이힐은 중태로 아직 의식불명이었다.

하이힐은 깊고 깊은 잠에 빠져있었다. 그날도 하얀 눈이 내리고 있었다. 당시 숫총각이었던 나물르는 남다르게 감성이 예민하여 문학을 좋아하고 파아란 물이 넘실대는 바닷가를 무척 좋아 했었다. 그것도 서해안의 대천 바닷가를 무척 좋아해서 연애시절 둘은 그곳을 자주 찾아 파도와 조약돌이 나뒹구는 하얀 포말이 이는 바닷가에서 둘만의 밀어를 나직이 속삭이곤 했다.

당시 유행하던 장발(長髮)에 청(淸)자켓 청(淸)바지를 입은 나물르는 우수에 젖은 눈으로 바다를 쳐다보며 그가 늘 좋아해 애송하던 시인 '김동환'의 「강이 풀리면」을 읊조리곤 했다. 그럴 땐 하이힐 자신도 시인이 된 듯 긴 머리를 바람에 날리며 파아란 파도가 넘실대는 드넓은 망망대해(茫茫大海) 서해를 바라보며 긴 속눈썹에 눈물을 적시곤 했다.

　　강이 풀리면 배가 오겠지/ 배가 오면은 임도 탔겠지/
　　임은 안 타도 편지야 탔겠지/ 오늘도 강가서 기다리다
　가노라!//
　　임이 오시면 이 설움도 풀리지/ 동지섣달에 얼었던 강
　물도/

제 멋에 녹는데 왜 아니 풀릴까/ 오늘도 강가서 기다리
다 가노라!//


둘은 손을 잡고 백사장을 한없이 거닐었다. 바닷가를 달
리다 뒹굴고 또 걸었다. 그러다 벼랑 쪽 외진 산길을 오르
기 시작하였다. 왼쪽으로는 해송(海松)과 아카시아 나무들
이 겨울 찬바람에 즐비하게 늘어서 있고, 오른쪽 아래 벼랑
밑으로는 새파란 바닷물이 넘실대며 밀려 왔다가 떠나가곤
했다. 하이힐은 아찔하고 무서웠으나 앞에서 듬직하게 손
을 잡고 이끌어 주는 연인 나물르가 있어 더없이 마음이 놓
였다. 그러다가 하이힐이 순간적으로 발을 잘못 디디는 바
람에 오른쪽 진흙이 무너지면서 몸의 중심을 잃었다.

우찌근—

"어마마, 나물르 내—내 손을 잡아줘…… 어머머?"

"하이힐, 이— 이— 이 손 꼬옥 잡아…… 응?"

"흐으윽— 알았어—"

오른쪽 발을 내딛었던 벼랑의 진흙이 무너지면서 저 아
득한 벼랑 아래로 떨어지려는 절대 절명의 순간이었다.

그러나 워낙 희생적이고 갖은 혼신의 힘을 다하여 하이
힐의 손을 잡고 구출하려는 나물르의 노력 덕택에 구사일

생으로 하이힐은 벼랑 위로 올려져 살아났다.

나물르는 벼랑 언덕배기에 앉아 흙과 땀방울로 뒤범벅되어 구슬같이 맺힌 땀을 손등으로 훔치며 하이힐을 무릎에 뉘이고 안도의 한숨을 내쉬었다.

"아이구, 우리 하이힐이 하마터면 죽을 뻔 했네!"

"그러게 말이야… 자기 아니었으면 나는 아마 저 물속으로… 어휴, 생각만 해도 소름이 끼치네."

"우리 오래오래 행복하게 살자, 응?"

"맞아요. 평생 당신만을 위하며 살께요."

"그러자 하이힐……!"

파아란 바닷물이 넘실대는 서해 대천 바닷가 벼랑에서 둘은 입술을 맞대고 긴 포옹을 했다. 둘이 그렇게 오랫동안 붙어 있다가 하이힐이 예쁜 앵두 같은 입술 사이로 신음처럼 말을 내뱉었다.

"오! 신이여, 왜 이제야 최고의 남자를 주셨나이까!"

"You're my first, You're my last, You're my everything."

잠시 정신이 드는지 병원 침대에 누워있던 하이힐이 피투성이로 범벅된 입술 사이로 신음처럼 말을 내뱉는다.

"으음음, 여기가 어―어―어디에요?"

"여보, 이제야 정신이 드오. 꿈을 꾸었나 보구려."

실눈을 뜨고 바라보니 가물가물하게 남편 나물르가 보인다. 그리고 다시 사라지고…… 또 깊게 눌린 눈 사이로 보일 듯 말 듯 말한다.

"…… 여보오. 제가 죽일 년이에요."

"아니야. 내가 이제부터 내가 당신을 보호해줄게."

"고마워요. 여― 여보오…… 흐흐윽―흐으윽―"

"내가 이제 당신에 최고의 남자가 되어 줄게."

"맞―맞아요. 당신이 바로 최고의 남자에요. 흐으윽―흐으윽―"

"오! 신이여, 왜 이제야 최고의 남자를 주셨나이까!"

"You're my first, You're my last, You're my everything."

# 취객(醉客)의 변

아지랑이 피는 따스한 봄날. 산이 진
달래와 철쭉으로 뒤덮인 춘삼월 호시절.

사소한 일로 조그마한 사업을 하는 박종국(朴終局) 사장
은 이번에도 아내와 싸웠다. 늘 별일 아닌 걸로 시작이 되
어 감정격화까지 몰고 가 심각한 상태에 이르는 것이 흔히
볼 수 있는 부부싸움 광경이라지만 이들은 또 그랬다.

이들의 경우도 사소한 입씨름에서 출발한 일이었으나
중간에 감정격화로까지 몰고 가 별거를 하자느니, 헤어지
자느니 하며 싸웠다. 그러다 어찌어찌하여 화해의 숨통을
트고는 집 앞 포장마차로 씩씩대며 앞서거니 뒷서거니 걸
어갔다.

언제부터인지 몰라도 박종국 사장 부부는 부부싸움을

하면 집 앞 포장마차에 가서 화해를 한다. 이것이 습관이 되어 으레 부부싸움이 생기면 분에 못 이기는 감정을 억누르며 씩씩대며 포장마차에 간다. 포장마차에 가서는 긴 의자에 앉는데, 앉을 때 처음엔 다소 간격을 두고 앉는다. 그리고 소주와 오뎅을 시켜 홀짝홀짝 마신다.

옆에 있는 그의 아내는 뽀로통한 입으로 떡볶이를 시켜 먹고는 양이 안 차는 날에는 돼지족발을 시켜 우직우직 살을 발라 먹는다. 이러면서 처음엔 서로 잘했느니 잘못했느니 하면서 책임전가를 하지만 기어이 결과적으로는 박 사장의 항복으로 결정이 난다. 왜냐하면 워낙 센 주량에다 센티멘털한 감성이 풍부(이런 그를 그의 아내는 잘 이용함)하여 술병이 하나둘 쌓이다 보면 이렇게 말한다.

"여보, 내가 잘못했으니 이만큼 오구려!"

"흥!"

"어이, 이거 누가 봐도 보기 흉하게 떨어져서 이게 뭐야? 그러니 이만큼 와서 팔짱 끼고 먹자구."

대개 이런 식으로 박종국 사장이 한풀 꺾고 들어가 아내를 옆으로 끌어당겨 술을 따르게 하고, 한 잔 권하는 식이기 때문이다.

원래 그의 아내는 밀밭 근처만 가도 취하는 위인인지라

어거지로 한 잔을 권하면 금방 홍시가 되어 어쩔 줄을 모른다. 이때를 놓칠세라 그는 포장마차 주인의 눈치를 힐끗 보고는 볼에 뽀뽀를 하고 엉덩이를 한 번 두들겨 주고는 또 술을 따르라 한다.

이런 박 사장의 태도를 보고 그의 아내는 홍조 띤 얼굴로 눈을 흘기며 여기가 방석집이나 색시집으로 망상(착각)하지 말라며 먹다 만 큼직한 돼지족발로 그의 입을 틀어막는다.

미안하다느니, 앞으로는 이런 일이 없도록 하겠다느니, 남자인 내 아량이 부족했다느니 하는 그의 횡설수설을 아내는 듣는 둥 마는 둥 하며 술에 취해 축 늘어진 박 사장의 어깨를 부축해 일어난다. 이제는 아내가 술에 취해 객기를 부리는 그에게 사정조로 애원하며 자리에서 일으켜 집으로 데려가는 차례이다.

부부는 서로 부축하며 집으로 향했다. 봄날이라서 밤 공기도 따뜻하다. 밤하늘엔 별들이 초롱초롱 눈망울을 밝히며 떠 있고, 남북으로 은빛 양탄자를 엷게 뿌려 놓은 듯한 은하수가 곱게 깔려 있다. 이때쯤이면 대개 별을 보며 부르는 박 사장의 십팔번 노래가 튀어 나온다.

"저 별은 나의 별― 저 별은 당신 별― 아침 이슬 내릴

때까지 별이 지면— 당신과 나는 이불 속으로 들어가야
지"

박 사장이 한참 아내를 오른쪽 팔로 꼬옥 안고 노래를 부
르며 대문 앞 길목을 돌아서는데 그의 아내가 깜짝 놀란다.

"아이구머니? 여보 저게 뭐, 뭐어야."

"아니 뭐언데 그래?"

서너 발자국 전방에 웬 흰 물체가 약간의 미동을 하며
앞을 가로막고 있는 것이 아닌가. 순간적으로 소리를 꽥
질렀다. 그러자 그때서야 윤곽을 드러내며 한쪽 가장자리
로 비키는 것이 아닌가.

"아니, 저것이 개 아니에요?"

밤눈이 밝은 그의 아내가 손으로 가리키며 말한다.

"음, 그런군. 그런데 저 흰 개 뒤쪽에 붙은 검은 물체는
뭐지?"

"글쎄요."

아내는 허리를 구부리고 자세히 보더니 손으로 입을 가
린다.

"아, 아니 저 개들이……"

"왜 그래. 여보, 개가 한 마리 또 있어?"

"……"

취한 눈으로 허리를 구부리고 자세히 보니 흰 개와 완전히 검은 개가 한밤중에 그들의 집 앞 길목에서 사랑을 하고 있는 것이 아닌가! 며칠 전부터 암내가 났다는 이웃집 뽀송이네 흰 개는 어둠 속에서도 쉽게 윤곽이 드러났지만, 어디에선가 이 암내를 맡고 야심한 시각에 용케도 뛰어온 수놈인 검은 개가 어둠 속에 묻혀 오붓하게 사랑을 하고 있었다.

인기척이 있으면 통상 도망치는 것이 개의 생리인데, 이들이 그럼에도 불구하고 우물쭈물 옆으로 비켜섰던 것은 서로 뒤쪽으로 엉켜 붙어 진행 방향이 틀려 엉거주춤하게 움직였기 때문이다.

이를 본 아내는 겸연쩍어 입에 손을 댄 채 서둘러 대문가로 갔다. 이를 놓칠세라 한밤중 취객(醉客) 왈,

"여보, 우리도 오늘 부부 싸움하고 헤어지지 않기를 잘했지. 저렇게 개들도 떨어지지 않고 사랑을 하잖소."

"얼른 와욧!"

# 백두대간에서

— 한라의 허리까지

그날 차창 밖으로 억수 같은 비가 그야말로 구멍 난 하늘마냥 내리 퍼붓고 있었다.

"징허게도 비가 와뿐네잉—"

전라도 사투리를 쓰는 옆자리의 할머니가 차창에 마구 쏟아지는 빗줄기를 보며 푸념을 내뱉는다. 차창 밖 저만치 산간의 능선들이 끝 간 데 없이 중첩의 빗속으로 눌려 있었다. 아스라이 실안개 속 산들이 그렇게 조용히 역사의 흐느낌으로 정한(情恨)의 영겁의 세월들을 가슴에 삭히며 처연히 앉아 있었다.

눈을 지그시 감고 의자에 기댄 채 앉아 있는 '꽃님이'의 얼굴에 눈물이 주르륵 흘러 내렸다. 친정인 경기도 안성을 다녀오는 길에 옆집에 살았던 고향 친구인 '병숙'으로부터 '과거의 오빠' 소식을 들은 것이다.

처녀 시절 연인이었던 그 남자 상진(相眞).

둘은 죽자 사자 좋아했던 사이였는데 그 놈의 '이데올로기'가 무엇인지 과거 속의 오빠와 꽃님이의 인연은 한낱 추억 속의 물거품이 되어 버렸던 것이다.

꽃님이와 과거 속의 오빠 '상진'은 이웃 마을에 살던 오누이 같은 사이였는데 상진이 오빠의 아버님(당시 작고)은 6·25사변 시절에 어찌 어찌하여 남하한 공산당원에 부화뇌동되어 좌익사상에 물들었었다. 그 시대는 낮과 밤으로 좌·우익이 바뀌는 민족 수난의 세월이 하수상한 시절.

난리가 평정이 되고 국군이 들어와 국난이 회복되었다. 그러나 난리 중에 공산주의자들에 의해서 피해를 입은 마을 사람들이 입에 거품을 물고 우르르 몰려와 죽창과 몽둥이로 상진이 아버지를 일거에 쳐죽였던 것이다.

이를 알 것도 모를 것도 없던 꿈 많던 십대 시절에 상진이와 꽃님이는 서로 애틋한 순진무구의 사랑에 빠졌다. 달이 뿌우옇게 뜬 밤이면 마을 동구 밖 과수원 둑길에 앉아 달무리 오선지에 흐느끼듯 통기타를 쳐주며 아름다운 청춘에 눈을 뜨게 해주었던 사람 상진.

뿌우옇게 달이 뜬 밤, 달무리가 개울 건너 미루나무 가지에 걸칠 때면 꽃님이가 개울가를 건널 때 행여 신발이 젖을세라 손수 바지를 걷고 꽃님이를 등에 업고 징검다리를 철벅철벅 건너주던 상진 오빠. 그때 오빠의 어깨는 왜 그리도 지구같이 넓고 듬직해 보이던지.

둘은 하루가 멀다하고 만나 손을 걸며 비 오는 날 수채화 같은 미래에 자신들의 행복한 사랑의 보금자리 둥지를 틀 듯 한 올 한 올 뜨거운 마음을 엮어 갔다.

그러나 운명의 여신은 이들의 아름다운 수채화 같은 사랑을 그냥 놔두질 않았다. 이들의 사이를 눈치 챈 꽃님이의 부모님들은 서둘러 충남 아산의 살만한 양반 사대부 집으로 중매를 놓았던 것이다. 사상의 편가름이 되면서 더욱 그랬다.

"안돼, 그 집은 저주받은 집의 핏줄이야!"

하면서 부모님은 펄쩍 뛰었던 것이다. 친정아버지는 원래부터 유교사상에 짙은 완고한 성격의 소유자일 뿐더러 상진네는 그 당시 좌익사상의 폐해를 대대로 물려받고 있었다. 그것이 그 지방 묵계의 흐름이라서 더욱 안 되는 일이었다.

그 후 안 된다며 울며불며 애원해도 부모님은 아산의 어느 부잣집으로 꽃님이를 기어이 시집보내 버렸다.

꽃님이가 시집가던 날 이를 뒤늦게 안 상진은 꽃님이의 집으로 달려가 먹지 못하는 술을 잔뜩 먹고 마당에 나뒹굴며 난리를 피웠다.

"안됩니다. 꽃님이는 내 겁니다아― 얼른 찾아주세요. 네?― 흐흐흑― 흐흐흑― 저는 죽습니다―."
하며 꽃님이가 제주도로 이미 신혼여행을 떠났다는 얘기를 듣고 제주도까지 물어물어 쫓아갔다. 서귀포와 중문단지의 호텔을 전부 뒤져 미친 듯이 돌아다녔던 순수한 열정과 사랑의 열병으로 가슴앓이를 했던 청년 상진.

그 후 상진은 안성으로 돌아와 마을 뒷산에 묻혔다는 선친의 묘소를 파헤쳤다.

"아버지― 흐흐흑― 아버지가 뭔데 저의 사랑을 갈라놓나요. 네? 공산주의가 무엇이고, 민주주의가 도대체 무엇이예요? 아버지가 내 인생, 내 사랑을 보상해 주세요?"

흙 속에 이미 산화된 선친의 묘를 곡괭이와 삽으로 파헤치며 통곡하던 상진. 마을에선 사람들이 삼삼오오 모여 이구동성으로 말했다.

"젊은 사람이 안 되었다."

"시대를 잘못 만난 탓이야. 제기럴 쯧 쯧 쯧……."

그런 일이 있고 그렇게 얼마를 지났을까. 상진이와 홀어머니 및 가족은 얼마 후 깜깜한 밤에 홀연히 안성을 떠났다.

그리고 과거 속의 남자 상진은 그 첫사랑의 아픈 생채기를 안은 채 서울 면목동에서 날품팔이로 떠도는 폐인이 되었다. 이런 소식이 꽃님이 귀에도 찬바람 따라 바람결에 고향집 뒷마당 감나무 잎새를 타고 하늘거리며 서럽게 들렸다.

어제 친정집에 갔다가 오던 날.

옆집에 사는 친구 병숙이가 꽃님이의 손을 잡고 하던 말이 뇌리에 스친다.

"얘 꽃님아, 이제 세월도 많이 흐르고 세상도 변하고 했는데 서울 면목동에 산다는 상진이 오빠 찾아가서 용서라도 한번 빌어보렴."

"……!"

"지금까지 결혼도 안하고 늙으신 홀어머니와 혼자 어렵게 산다드라. 얘."

"글쎄, 어떡해야 좋으니 병숙아……?"

"한(恨)서린 과거 속의 남자의 등허리에 성애처럼 낀 서린 한을 이제 순수와 진정한 사랑, 그리고 참회의 용서를

구하며 쓸어 주어 보렴. 백두대간에서 한라대간에 이르기
까지 민족의 아픔이 산 계곡과 능선에 비 오는 날 실안개
처럼 낀 우리 민족의 가슴앓이를 말이야……!"

"그으래, 흐흐흑– 흐흐흑–"

# Dog days

충식(忠植)은 아내가 이른 아침부터 소란을 떠는 바람에 눈을 떴다. 이유인즉슨, 온 가족이 애지중지하는 강아지 글러가 밤사이에 없어졌다는 것이다. 아침저녁으로 빼먹지 않고 밥 주는 것은 물론, 가끔 목욕도 시키고 발톱까지 깎아주며 딸아이들이 방에까지 데려다 껴안고 자는 보물단지라 아내와 딸아이들은 무척 서운해하며 집 안팎을 오가며 찾기에 분주했다.

강아지 이름을 '글러' 라고 부르게 된 동기가 있다. 아내는 올해 초 친정에서 족보 있다는 강아지를 한 마리 데려왔는데 입이 뾰족하고 눈만 말똥말똥 컸지, 크기는 그른 것 같았다. 그래서 충식은 한동안 크기는 글렀다면서 혀를 찼더니 딸아이들도 덩달아 글러 어디 있냐고 호명을 하기 시작하여 붙여진 이름으로 지금껏 충식의 집에서는 물론 이웃집에서도 글러 강아지, '글러네'로 통했다.

욕심 같아선 쑥쑥 성장하여 예쁜 강아지를 한두 마리 낳아 줬으면 했으나 글러는 집에 온 이후로 크기는커녕 원래 체형을 유지하며 예쁜 짓만 골라서 하기에 온 가족의 사랑을 가득 차지했다. 이제는 동물이라고 구분하기보다는 어엿한 충식네의 가족이 되었다.

그런데 이런 글러가 밤사이 집에서 실종된 것이다. 이른 아침부터 출근을 할 때까지 골똘히 글러의 예고 없는 실종에 대해 생각을 해봤다.

첫째는 도둑놈에 의한 실종이고,

둘째는 스스로 가출을 하여 길을 잃은 것이며,

셋째는 무엇이 잘못되어 어디서 죽은 것 같았다.

동네에 수소문하여 골목골목을 잘 찾아보라고 아내에게 당부를 하고 사무실로 출근을 했다. 오전 내내 애처로운 글러 생각으로 일이 제대로 손에 잡히질 않았다.

점심시간이 되자 직원들은 오늘이 복(伏)날이니 보신탕을 먹어야 이 더운 여름철을 날 수 있다며 끼리끼리 무리를 지어 사무실을 빠져 나간다. 옆 직원이 여름철을 거뜬히 보내려면 보신탕(개장국)이나 육개장, 삼계탕, 임자수

탕 같은 보양식(保養食)을 먹어야 한다며 동행을 부추긴다.

그렇지 않아도 요즈음 몸이 나른하고 더위에 지쳐있어 따끈하고 얼큰한 보신탕이 생각이 나던 터라 직원과 같이 보신탕집에 갔다. 잠시 후 주문한 보신탕과 반주로 소주가 나왔다. 입맛 나는 안주로 잠시 반주나 몇 잔 하자며 대작 (對酌)한 술을 어느새 두 병이나 비웠다. 같이 간 직원도 술을 좋아하는 편이라 무더운 날씨에 방 안에 앉아 땀을 흘리며 훌훌 소주와 보신탕을 먹었다.

한참을 맛있게 먹다가 불현 듯 아침에 실종된 글러가 생각이 났다. 맛있는 보신탕과 걸맞는 반주의 분위기에 휩싸여 먹다보니 지금 먹는 음식이 글러와 같은 개(犬)라는 생각을 잠시 잊었던 것이다. 순간 와락 숟가락을 놓았다.

"아니, 왜 그래. 뭐 이물질이라도 씹었나?"

"아, 아니 그럴 일이 있어서."

맛있게 먹다가 숟가락을 놓는 충식을 보고 직원이 의아해하자 아침에 실종된 글러 때문이라고 했더니 직원은 빙그레 웃으며 일축해 버린다.

"아이 참, 뭐 그런 걸 가지고……"

복(犬)날 보양식(保養食)으로 마무리를 시덥지않게 마치고 사무실에 들어갔다.

오후 근무를 마치고 옆 직원과 다시 보신탕집으로 갔다. 두 사람 다 워낙 술을 좋아하는지라 점심 때 반주로 먹은 소주 한 병씩은 입맛을 버렸다는 게 퇴근 후 소주 재충전 행의 변(辯)이었다. 글러를 생각하면 내키지 않는 발걸음이 었으나 여름철 보양식이란 점과 부족한 주량을 채울 욕심으로 따라 나섰다. 둘은 아까 점심시간에 앉아 반주를 마시던 방에 들어가 푸짐하게 고기를 시켜놓고 술을 들기 시작했다.

대화는 이런저런 객담으로 흘렀지만 날이 복날이니만큼 자연히 개와 사람이란 얘기가 자주 반복되었다. 한문으로 복(伏)이란 뜻을 가만히 생각해 보니까 사람 人자에 개 犬자가 합성된 뜻이었다.

즉, 복(伏)은 사람과 개라는 등식이 성립된다는 것이다. 또 재미있는 것은 영어였다. 무더운 복날은 영어로 'Dog days, 개날들'이다. 복날 하면 대개의 사람들이 보양식이란 명목으로 보신탕을 즐겨 먹는데 '복'과 '사람'과 '개'의 묘한 인연은 재미가 있다. 이런 재미있는 얘기를 나누며 술을 먹다보니 제법 취했다.

둘은 그만 먹자며 비틀거리는 걸음으로 음식점을 나와 기분 좋게 헤어졌다. 밖에 나오니 배가 불룩하게 나온 달이 유난히 뿌우연 달무리를 그리며 밤이슬을 뿌리고 있었다. 자전거를 타고 횅하니 갈까하다가 천천히 걸으며 달나라 구경이나 해야겠다는 마음으로 하늘을 보며 걸었다.

아침저녁으로 늘 다니는 길이건만 오늘따라 주위 정경이 아름답다. 드문드문 뭉게구름이 달에 얼굴을 비비듯 스치고는 서편으로 유유히 흐르고 그 옆으로 수많은 별들이 반짝이며 밤하늘을 수놓고 있었다. 길가 양옆으로는 무성한 아카시아 나무들이 질서정연하게 서 있었다. 적당한 술기운과 미려한 한밤의 정경에 흠뻑 취해 길목을 돌아섰다.

허이연 달빛을 쫓아 풀벌레 소리가 들리는 과수원 쪽으로 눈을 돌리는 순간 불과 5~6m 정도의 과수원 밭에 허연 물체가 띄엄띄엄 보인다. 무엇인가 싶어 술에 취해 시신경이 몽롱한 눈을 비비고 자세히 살펴보니 참외였다. 그러자 어렸을 적 참외서리 하던 일이 불현듯 생각이 났다. 입가에 야릇한 미소까지 띠고 자세를 가다듬고 자전거를 세워놓고는 과수원 울타리를 넘어 참외밭으로 살금살금 접근했다.

띄엄띄엄 허옇게 보이는 참외밭으로 걸어가니 잘 익은 달콤한 참외 냄새가 확 풍겨 코를 벌름거리게 한다. 손에 잡히는 대로 서너 개를 따서 움켜쥐고 막 참외밭을 빠져 나오려 하자 한밤중 적막을 가르며 뇌성벽력 같은 개 짖는 소리가 들린다.

"크아아앙— 컹 컹 컹—"

깜짝 놀라 소리 나는 쪽을 힐끗 보니 저만치 송아지만한 시커먼 개가 이쪽으로 짖으며 뛰어왔다. 충식은 온몸에 힘이 쭉 빠지는 것 같은 위기감을 느끼며 참외밭을 뛰쳐나와 자전거 있는 데로 헐레벌떡 갔다. 잠시 후, 저만치 뒤쪽에서 개를 부르는 인기척이 들린다.

"누, 누구냐! 메리 이리와 안 돼."

그러자 충식에게로 덮쳐오던 무시무시한 시커먼 개가 우뚝 멈추었다. 자전거 있는 데까지 와서 안도의 숨을 쉬며 등에 식은 땀이 주르륵 흐르는 것을 느꼈다.

"어휴, 하마터면 큰일 날 뻔 했네!"

몸에 촉촉이 배인 술기운도 확 가시는 것 같았다. 자전거를 끌고 집으로 가면서 한숨만 나왔다.

'어휴, 시커멓고 큰 그놈의 개에게 물렸다면 아마 난 죽었을 거야. 이른 아침, 우리 집 강아지 글러에서부터 밤늦게까지 개로 일관하는 날이구나.'

'역시 복(伏)날은 복날이구나. 젠장, 개를 먹었다고 개에게 먹힐 뻔 했군!'

# GUNNY

　　　　서른 살의 독신남 시인 '유진닐'에
게는 10여 년 전부터 알게 된 서울의 여자 친구 그니가 있
다. 본디 그녀의 이름은 유근희였는데 '근희야, 근희야'
하다가 부르기 좋게 '그니'가 되어 그렇게 불렀다.

　그녀 자신도 근희라는 흔한 이름보다는, 고상하고 이국
적인 뉘앙스가 호젓하게 풍기는 그니라는 호칭을 좋아했
다. 둘이서 더러 술집에서 대취(大醉)하는 날에는 그니라는
발음이 잘 안되어 '그지, 거지, 고니, 꼬니'라고도 부른다.
그날은 모름지기 팔다리가 실컷 꼬집히는 날이다.

　그들이 서로 알게 된 것은 10여 년 전 서울에서 문학 활
동을 할 때였는데 지금껏 서로 트러블 한 번 없이 잘 지내
고 있다. 술집에서 술을 먹다가 술값이 없거나 차비가 떨

어지는 날이면 다짜고짜 불러내도 싫은 표정 하나 없이 나타나 해결해주곤 한다.

"짜샤─ 돈 좀 갖고 다녀라. 시골 촌놈이 서울이 어디라고 돈 없이 술을 퍼마시냐. 짜샤─"

하고는 지갑 속의 빳빳한 지폐로 성큼 해결해주곤 한다. 그렇다고 이들이 서로 뜨거운 사이라거나 보통 이상의 사이는 절대 아니다.

그저 서로 언제이고 적당한 시간에 연락만 되면 만나 차를 마시며, 술을 즐기며 세상사는 이야기, 인생 살아가는 이야기, 문화계 이야기 등 잡다한 얘기의 꽃을 피우는 대화의 벗이요, 술의 벗이요, 이 시대 삶의 동반자일 뿐이다. 그니는 편하게도 유진닐을 만나면 담배도 피우고 그니의 주량(소주는 1병, 막걸리는 2되)만큼 기탄없이 마시며 어울려 준다.

그니는 그리 예쁜 편도, 미운 편도 아니고 그저 두리뭉실하며 포근한 맏며느리감이다. 소탈하며 지적(知的)인 언행하며 합리적인 사고력은 유진닐을 비롯, 주변의 많은 사람들을 편하게 해주는 매력이 있는 여인이다.

그녀는 서울 Y대학을 나와 잠시 교편을 잡았는데 한 때 어느 남자와 열애를 하다가 결혼 직전에 퇴짜를 맞았단다. 이유는 결혼 혼수와 패물이 없는 가난한 선생이라는 이유

때문이었다. 엎친 데 덮친 격으로 아버지마저 사업에 실패
하시고 울화병으로 돌아가셨단다.

그 후. 그니는 학교를 그만두고 집을 나와 독신 아파트
를 하나 얻어 살면서 잡지사 번역일이나 교정료 등을 받아
가며 혼자 살기 시작했다. 그러기를 벌써 10년째로 30대의
독신 여인이 되어 버렸고 평생을 그렇게 산단다. 그런 그
니는 실연의 아픔, 고독과 좌절, 낭만과 자괴감 등을 스스
로 태우며 살고 있다.

그녀는 이 시대의 밝은 곳과 어두운 지대의 명암을 가슴
에 안은 유약한 여인으로, 세상의 명예와 재물, 시류(時流)
에 초연하는 이 시대의 독신 여인이 되어 버렸다.

그니가 술만 취하면 눈시울을 붉히며 읊조리는 시가 있
다. 프랑스 유명한 시인 아폴리네르의 「미라보 다리」이다.
이런 날은 그니와 유진닐이 인생과 세상에 대취(大醉)하는
날이다.

> 미라보 다리 아래 세느 강은 흐르고
> 우리네 사랑도 흘러내린다.
> 내 마음 속에 깊이 아로 새기리
> 기쁨은 언제나 괴로움에 이어옴을
> 밤이여 오라 종아 울려라.

세월은 가고 나는 머문다.

손에 손을 맞잡고 얼굴을 마주보면
우리네 팔 아래 다리 밑으로
영원의 눈길을 한 지친 물살이
저렇듯이 천천히 흘러 내린다.
밤이여 오라 종아 울려라
세월은 가고 나는 머문다.

사랑은 흘러간다 이 물결처럼
우리네 사랑도 흘러만 간다.
어찌면 삶이란 이다지도 지루한가.
희망이란 왜 이렇게 격렬한가.

밤이여 오라 종아 울려라
세월은 가고 나는 머문다.

나날은 흘러가고 달도 흐르고
지나간 세월도 흘러만 간다.
우리네 사랑은 오지 않는데
미라보 다리 아래 세느 강은 흐른다.

밤이여 오라 종아 울려라.
세월은 가고 나는 머문다.

얼마 전 유진닐이 서울에 가서도 예외 없이 그니를 무교동

낙지골목으로 불러내 만났다. 그날도 둘이는 소주 1병과 낙지를 시켜놓고 술을 마셨다. 마치 돈이 지상 최고의 목표이듯 수단과 방법을 가리지 않고 악착같이 살아가는 사람들의 수족처럼, 접시 위의 낙지는 꿈틀꿈틀 미치도록 요동하였다. 유진닐은 그러면 그럴수록 먹어 없애야 한다며 손으로 우겨 잡고 입에 집어넣고, 그니는 가슴에 들여 태워야 한다며 입가에 달라붙은 낙지 발을 손으로 떼며 우겨 넣었다.

　술을 몇 잔 마신 그니는 시무룩해 한다. 아까부터 그니의 밝지 못한 표정을 보고 유진닐이 물었다.

　"그니, 왜 그래, 무슨 일 있어?"

　"………"

　"그니 말해봐, 나에게 뭐 비밀있어?"

　"태웠어 그것을."

　"뭘 태워?"

　"어찌보면 우습기도 하고, 호호호 호호호."

　그니는 붉은 메니큐어를 칠한 긴 손톱의 손으로 입가를 가리며 얼굴을 붉히더니 씽긋 웃었다.

　"어어, 웃기는 그니?"

　"내가 나쁜 애지 뭐. 태우다 못해 그걸 태웠으니."

　"그니, 정말 애간장 태울거야?"

그니는 주위를 힐끗 보더니 얘기를 실실 털어 놓는다. 어느 날 잡지사에서 번역료를 받아 편집장과 기분이 좋게 한 잔 걸치고는 집으로 터벅터벅 들어갔다. 평소에도 반기는 애견 치와와가 그날도 예외 없이 방 마루에서 꼬리치며 그니를 반기더란다. 방으로 들어가자 침대 곁으로 따라오더니 버릇처럼 앉더란다.

그런데 이 치와와는 암놈이 아니고 수놈으로, 앉기만 하면 그놈의 음경이 보기 흉하게 쑤욱(!) 나온단다. 다른 짓은 다 예쁘고 귀여운데 꼭, 앉을 때마다 뒷다리 사이로 붉은 색을 띠며 쑤욱 나오는 음경의 귀두를 볼 때마다 독신녀인 그니로서는 그렇게 민망할 수가 없단다. 그것도 혼자 있을 때라면 모르겠는데 누구 손님이 왔을 때 그러고 앉으면 여간 민망한 일이 아니었다.

그날도 그니는 치와와가 그 짓을 하고 앉아 있자, 술 한 잔 한 김에 옆에 있는 라이터 불을 최대치로 올리고 음경에 대고 소리를 질렀다.

"에이구, 세상에 그것 좀 안 나왔으면 살겠다 살겠어!"

그러자 사고가 순식간에 나버렸다. 털로만 덮여 있는 귀여운 치와와가 불덩이에 휩싸여 깨갱대는 것이 아닌가! 그니는 술이 확 깨었다. 얼떨결에 바가지에 물을 떠다 끼얹

었으나 치와와는 비 맞은 생쥐 모양으로 오들오들 떨면서 한쪽 구석에 웅크리고 앉아 연신 신음 소리를 내었다.

다음날, 이웃에서 알세라, 시장바구니에 몰래 담아 가까운 가축병원에 갔다. 화상 원인을 묻는 수의사에게 그니는 사실대로 말했다.

"아니, 태울 게 따로 있지 세상에, 그 중요한 것을 태워요. 글쎄."

"………."

음경 주위는 빨갛게 익어 진물이 나오고 치와와는 죽을 듯이 오들오들 떨며 소리를 냈다.

집으로 돌아온 치와와는 그렇게 며칠 앓다가 기어이 죽었다. 그니는 그렇게 아꼈던 유일한 집안의 식구였는데 그렇게 되었다며 며칠 동안 밥 생각도 없이 눈물을 흘렸단다. 요즈음은 적적하던 독신녀인 집이 더욱 을씨년스럽다며 우울하단다. 그러면서 그니는 제안했다.

"유 선생, 오늘 우리 집에 가자구. 적적하다 못해 무서워서 그래 응?"

"뭐, 뭐야. 이젠 내 것(?)을 태우려고!"

"어머머……?"

"……!"

# So What?

밤이 으슥한 시간. 김규태 작가는 시내에서 세미나를 마치고 일산에 있는 집으로 가는 길이었다. 시청 앞에서 지하철을 갈아타려고 지하도를 막 돌아가는데 저만치 어둑어둑한 골목에서 젊은 남녀가 한데 엉키어 끌어안고 있었다.

포옹 정도가 아니라 포르노 잡지에서나 볼 수 있는 야한 장면이 연출되고 있었다. 남자는 여자의 허리와 엉덩이를 감싸 안고 여자는 남자의 목을 끌어안고 신음 소리까지 내며 포옹하고 있는 게 아닌가. 그것도 이제 막 스무 살이나 됨직한 젊은 애들이 말이다.

"저런 쯧쯧쯧– 젊은 것들이 망신스럽게시리…"

김 작가가 가까이 다가가는데도 그들은 둘만의 밀착에

취해 정신이 없었다.

"여보시오. 젊은이들. 사람이 많이 다니는 곳에서 이게 무슨 추태요, 추태가……"

"……?"

"당장 떨어지지 못할까?"

어안이 벙벙하여 쳐다보는 젊은이들을 향하여 김 작가는 더욱 큰 소리로 말했다.

"여보시오. 당장……?"

그러자 이들 젊은이들은 얼굴에 쌍심지를 켜고 대든다.

"뭐요. So What?"

"So What? So What? So What?"

김 작가는 이들의 말이 무슨 뜻인지 몰라 황당해 한다. 타이르는 그에게 대드는 젊은이들을 보고 주변 사람들이 몰려들었다.

"저런 나아쁜 자식들……"

"어휴 못된 사람들 같으니라고… 어른이 혼내면 들어야지 덤비는 것 보아."

지하철 공간 안에서 부도덕한 행태를 타이르는 어른을 향하여 두 남녀는 더욱 높은 기세로 덤빌 분위기이다.

"So What?, So What?, So What?"

이들의 말이 무슨 뜻인지 몰라 당황해하는 김 작가의 소매를 여학생이 조용히 이끈다.

"아저씨, 이리 오세요. 저들은 소화족이에요. 소화족요."

"그것이 무슨 말이요. 젊은이"

"당신이 뭔데, 뭐가 어떠냐? 이 말이요. So What?"

"허허허-"

김 작가는 일산의 집으로 터덜터덜 향하였다. 지하철에서 젊은이들에게 망신을 당한 듯한 속상한 마음에 탄식을 하다가 평소 잘 아는 시사 평론가인 경기도 여주의 최홍기 교수에게 전화를 했다.

"최 교수. 나요 일산이요. 한 가지 물어봅시다. 요즈음 시류에 소화족이란 게 있소?"

"오오, 김 작가 물론 있지요. 소화(So What)라고 있어. 한마디로 말한다면 이렇지. 젊은이들 사이에서 근래 급속도로 퍼져 나가는 삶의 행태인데 그들 맘대로 또는 멋대로 사는데 당신이 뭐냐 이거야."

최 교수의 소화(So What)론은 이러했다. 소화족 또는 소화주의는 사회에 대한 당당함, 나만의 개성 추구란다.

개성에 대한 당당함과 오만에 가까운 자신감, 세상이 뭐라고 해도 자신의 행동에 대한 확신만 선다면 사회적 선입

견을 때려 부숴서라도 거침없이 살아가겠다는 것이 'So What? 주의'란다.

소화주의는 젊은이들의 새로운 의식문화 코드로 자리잡아 가고 있다. 'So What?'은 그래서, 뭐가 문제인데? 정도의 의미라나.

성에 대한 자유분방함, 다양한 취향과 나만의 개성 추구, 삶에 대한 주관적 해석 등 내가 아닌 다른 사람 눈엔 행동 하나하나가 화제이자 쇼크일지라도, 사회적 통념이나 여론몰이 따위가 자신의 삶을 바꿔 놓을 수 없다는 것이 'So What?'의 자기애적 정체성이다. 이 같은 'So What?' 주의는 10~20대층뿐 아니라 개성을 갈구하는 30~40대 중반의 일부 전문인들 사이에서도 풍미되고 있다고.

그 후 김 작가는 소화주의, 소화족에 대한 자료수집과 연구를 밀도 있게 진행을 하고 있었다.

(직방의 사랑……책임은 NO에 대하여……?)

새벽 2시가 넘어서야 격렬한 몸짓과 부킹의 물결이 멈추는 강남 논현동의 테크노바 언덕, '사랑은 시각적일 수밖에 없다'는 젊은 남녀들은 이른바 필이 꽂히는 순간, '직방(곧장 방으로 직행하는 것)'으로 만남을 시작한다.

아리아리한 1970년대 통기타식 '사랑의 여운'은 지루한 슬로우 비디오다. 그러나 직방이 꼭 사귐의 조건은 아니다. 이들 소화족은 이렇다.

"함께 밤을 보냈다고 책임을 져야 하는 것은 아니잖아요. So What?"

좋은 색깔을 보면 좋아하고 일그러진 모습을 보면 피하는 직시성이 그들에겐 심미적인 사랑관이다. 그러나 자신의 인격을 하룻밤의 행위로만 평가하려 든다면 용납할 수 없다는 것도 이들만의 자존심이다. 행위는 행위고 자신은 또 자신이라는 철저한 이분법이 이들의 의식구조에 깔려 있다.

신촌 대학가 주변의 일부 하숙방에는 부모님이 고향에서 들이닥치지 않는 주말을 제외한 주중의 남녀혼숙이 자연스럽기까지 하다. 물론 동거와 혼숙은 차별된다. 동거의 기준은 경제적 책임감이지만 혼숙의 기준은 서로에 대한 탐닉에 더 무게를 둔다.

"결혼 생활도 고시 준비 하듯 미리 연습을 통해 인격을 다듬어 놓은 것이 현실적인 것 아닙니까. So What?"

이들에게도 규범은 있다. 혼숙 없는 동거로 토핑 없는 피자다.

종로 낙원동과 이태원 주변의 게이바에는 트랜스젠더 '하리수의 변화'가 반쯤 벗겨진 포스터가 걸려있다. 하지만 꼭 자신의 외모를 바꿔야만 사랑의 대상이 될 수 있는가? 에 게이들의 반응은 엇갈린다.

"있는 모습 그대로 사랑해주는 것이 진짜 사랑 아닌가요. 이성이 아닌 동성 간의 사랑이 어때서요. So What?"

연상·연하와의 사랑은 이미 TV 소재로까지 다뤄지는 것이 일반적 사회 분위기다. 사랑에 있어 나이에 대한 고정관념은 미성년자나 불륜만 아니면 이젠 숨길 수 없는 위험 수위에까지 올라와 있다.

"누나 집에서 반대해 우선 대학 졸업할 때까지만 기다리기로 했어요. 남자가 나이가 많아야 하는 것이 사랑의 필수조건은 아니잖아요. So What?"

(스캔들과 결혼 무슨 상관인가에 대하여……?)

연예계에도 예전에 So What?은 빼놓을 수 없는 화두이다.

'O 양 비디오'로 더 알려진 탤런트 O 양이 어느 기업의 회장과 결혼할 것으로 알려지면서 연예계는 물론 직장의 호사가들의 화제로 떠올랐다.

"나도 많이 부족하지만 이제는 가정을 갖고 싶다. 돈과 명예가 다가 아닌 것을 깨달았다."

사랑을 고백한 H 회장은 O 양의 집에 함이 들어가던 날 마치 영화 '프리티 우먼'에서 리차드 기어의 구애 장면을 연상시키듯 합창단원들까지 동원, 개성(?) 넘치는 멋진 파티를 연출했다. 이날 그 집 앞 골목에는 함잡이들이 몰고 온 차량과 동네 주민들이 북새통을 이뤄 작은 축제를 방불케 할 정도였다나. 여하튼 H 회장이 O 양의 마음을 훔친 이유는 무엇보다 정감 넘치는 진솔한 프러포즈였다고.

"그녀는 힘든 일을 겪은 사람이다. 사랑하니까 나와 함께 인생 끝까지 갈 수 있을 것 같다. 사회가 어떻게 바라보든 So What? 그건 큰 문제가 아니다."

인기 연속극 '호텔리어'의 실제 모델로도 잘 알려진 H 회장은 'O 양의 비디오'를 못 본 건 아닌가. 물론 아니다. 그는 7개월의 고민 끝에 O 양에게 프러포즈를 했고 사랑한다는 이유로 사회의 편견과 말 많고 까탈스러운 여론을 "So What?"이란 무관심으로 한방에 날려버렸다.

(일반화된 연예계 So What?주의에 대하여……?)

지난 달 히로뽕 투약 혐의로 집행유예를 선고받고 부산에서 두문불출 중인 H 연예인은 최근 연인 K 모 씨와 연인처럼, 부부처럼 지내며 무대 복귀를 준비 중이다. K 씨는 최근 한 인터뷰에서 H 양과의 결혼에 대해 스스럼없이 자신의 입장을 밝혔다나.

"우린 결혼식에 대해 생각할 수 있는 상황이 아니다. 지금 이렇게 살고 있는 게 결혼 생활이나 다름없다. 결혼식에 큰 의미를 두고있지 않다. So What?"

이는 간통 혐의까지 받은 자신들의 동거생활을 세상이 이미 인정하고 있다는 사회 편견을 누른 당당한 승리의 제스처이다. 지난해 인터넷 최고의 인기 검색어로 뽑힌 또 다른 비디오 스타 B 양 역시 눈물의 참회 이후 오히려 이전보다 더 적극적으로 콘서트와 해외 공연 등에 나서며 자신의 오점에 대해 So What? 누구든 해볼 테면 해보라는 자세로 거침없이 활동하고 있다. 또 무면허 음주운전으로 또 한번 홍역을 치러야 했던 B 양은 더 이상 대시외엔 주저할 것이 없는 듯 관능적인 표정이다. 또 지난해 가을 삼각 스캔들 이후 진정한 사랑을 연호했던 미스코리아 출신 탤런트 S 양도 TV 연속극에 여주인공으로 전격 캐스팅 돼 재기를 노리고 있다. 이 밖에도 마약사범으로 징역과 집행유예를 선고받은 탤런트 S 양과 가수 SS 등도 한번 왁자지껄 떠들고 지나가면 금방 잊는 연예계 풍토 속에서 결국 한

번의 실수는 'So What?' 인 셈이라나.

김 작가는 자료를 보면서 헛헛한 기침만을 내뱉었다

"허허 - 참내 - So What? 허허 - 참내 - So What?"


(뻔뻔함을 넘은 황색 마케팅에 대하여……?)

그러나 So What? 외침의 한계를 뛰어 넘어 공인으로 자신의 과오에 대해 털끝 하나 부끄러움 없이 '상술'로 이용하는 뻔뻔한 '자가발전형' 사례도 있다. 자신의 삶을 다큐멘터리 형식으로 제작한 E 양의 16mm 비디오는 또 다른 하나의 섹스 엽기 충격물로 꼽힌다.

"나는 7명의 남자 톱 탤런트와 섹스 관계를 맺었다. 이름만 대도 알 만한 사람들이다. 마약에 취해 관계를 맺은 적도 있었다."

그녀의 충격은 그나마 세상을 향해 So What?이라고 외치는 저항적인 순수성마저 발가벗긴 황색 마케팅의 선례다.

"모든 일을 세상 사람들에게 털어놓으면 나를 보는 사람들 때문이라도 더 이상 마약에 찌든 생활은 안 할 것 같았다."

그의 고백은 비즈니스 상 일단 절반의 성공을 거뒀지만 연예계에서조차 손가락질 당하는 지탄의 대상, 사랑을 나눈 상대방에게 피해를 주면서까지 '벗고, 마약하고, 폭로

하고, 유명해 지는 것이 So What? 으로 이어진다면 더 이상 그 당당함은 없다. O 양의 비디오의 진짜 주인공 H 씨도 이 부류에 속한다. 비디오 출시 이후 그는 대담하게도 인터넷 성인 방송국의 IJ(인터넷 자키)로 본격적인 연예활동을 시작하더니 그만의 모든 테크닉과 경험을 담았다는 충격 성 고백서와 동영상 CD를 내놓았다.

비가 오는 어느 날.

이 날도 김 작가는 여주의 최 교수와 함께 무교동의 낙지집에서 소주에 낙지 빨 끗발을 열심히 올리고 있었다. 물론 이날의 힘찬 주제는 그 놈의 'So What? So What? So What?' 이었다.

"소화가 무어냐 이거야!"

"소화가 무어야?"

밤이 으슥하여 일산 집으로 돌아온 김 작가는 웃옷을 받아주는 아내를 보고 물었다.

"큰딸은 아직 안 들어왔소?"

"아직요. 오겠지요."

잠시 후 약속이라도 한 듯 현관의 초인종이 울렸다.

"딩동뎅-딩동뎅-"

아내가 인터폰에 대고 말한다.

"누구세요?"

"어엄마 나에요. 주염이"

"으음 주염이로구나. 늦었구나."

현관문을 열어주자 대학생인 주염이가 비틀거리며 들어온다. 그러자 아내가 깜짝 놀라 묻는다.

"얘 좀 봐. 너 술 먹었니?"

"그럼요. 엄마 아빠."

그러자 김 작가가 눈을 휘둥그레 뜨고 말했다.

"어허 요놈이 지금이 몇 시인데 술을 먹고 다녀 함부로……?"

잠시 후 주염이가 몸을 기우뚱거리며 말한다. 대들 듯이 눈을 흘겨 뜨며 내뱉는다.

"아빠, 요즈음 소화도 몰라요? So What? So What? So What?"

김 작가는 거실에 주저앉았다. 며칠 전 시청 앞 지하철에서 자식 같은 젊은이들이 지나친 포옹을 하자 그들을 나무랐었다. 그때 그들이 치켜 뜬 무서운 눈망울을 바로 자신의 딸인 주염이가 지금 연출하고 있는 게 아닌가?

"So What? So What? So What……?"

"여보. 나 소화제 좀 하나 주구려……"

김우영의 손바닥 콩트

# 내 손을 잡아줘!

인쇄 2012년 1월 2일 | 발행 2012년 1월 6일

지은이 · 김우영
펴낸이 · 한봉숙
주간 · 맹문재 | 편집 · 지순이 | 마케팅 · 이철로

펴낸곳 · 푸른사상사
등록   제2-2876호
주소    서울시 중구 초동 42번지 아시아미디어타워 502호
대표전화   02) 2268-8706(7) | 팩시밀리   02) 2268-8708
이메일   prun21c@yahoo.co.kr / prun21c@hanmail.net
홈페이지   www.prun21c.com

ⓒ 김우영, 2012

ISBN 978-89-5640-881-1  03810
  값 13,500원